從華盛頓
到 臺北

一位大陸年輕人眼中的臺灣

全書描述了作者從華府到臺北，與寶島臺
灣的各種有趣且引人深思的交集，以及在
此過程中對臺灣人自主意識與危機意識的
關注和解讀。

>>> 陳爾東　著

認識大陸作家系列

【他序】

搭起知識的橋樑，
心靈上的互通

　　陳爾東同學是兩岸開放學術交流之後，來政治大學、來臺灣進行研究的交換生。在政大這段期間，他很仔細的觀察校園內外的環境，各種人文、社會、經濟及政治現象，寫成了這本清楚易懂，而又有感情的文集，讀起來很有親切感，細膩中沒有挑剔，比較中沒有偏頗，有期待及關懷，年經朋友在這麼短的時間內能對政治大學及整個臺灣有如此的觀察是難能可貴。

　　兩岸同文同種，相對上要比較和觀察是比較容易，因為類似的地方實在太多，臺灣在保存中華文化上又特別的用心，在這方面受到大陸同學的喜愛，這是真情流露。至於民主制度之下的歧見或辯論，這也是多元及民主社會的常態，不過在這個問題上，大家各有不同意見，見仁見智，我們常說：「我不同意您的看法，但尊重您的言論及意見表達。」從這個角度去看臺灣就會有一種平常心。另外一方面，不論是本地或大陸，甚至外國同學都希望與臺灣持續往前發展，兩岸持續和諧、和平及穩定，這是大家共同的願望。

　　兩岸多交流，多來往和多瞭解絕對是有益的，它不止是為中華民族的共同未來打造堅實的基礎，也會對臺海地區及亞太區域

的安全、和平及繁榮有相當程度的貢獻。不少大陸同學在政大擔
任交換生之後，都覺得臺灣社會是那麼的親切、溫馨，當然也有
不少需要改進的地方。本地同學也經由這些交換生更加的瞭解大
陸，其中有太多的趣事不在這裡細說了。我們殷切的盼望經由青
年的互訪、交換及留學，能搭起知識的橋梁，心靈上的互通，臺
灣不是一個問題，而是大家共同嚮往的寶島，謹為序。

政治大學教授兼副校長　林碧炤

2010年11月

【他序】

筆下露真情，袖中展乾坤

　　初識爾東，是在2010年2月寒假後新學期的開始。我與國際事務學院鄧中堅院長在社會科學院合開了「中國的國際地位」（China's International Status）課程，學生裡一半是外籍人士，另一半是本地學生，這門課是用英語授課的。

　　第一次上課，我照例要認識一下學生。他坐在前排，跟本地生完全沒兩樣，戴著黑色粗框眼鏡，當唱名到Erdong Chen時，英文聽像「耳東陳」，他的應答挺自然，不覺令我莞爾。雖然此番「爾東」非彼「耳東」，但「爾東」的特別，給了我深刻的印象。

　　第一次上課，他說他出生南京、是美國華府美利堅大學大學部學生、透過交換生計畫來政大外交系學習。我認為這種例子是不多見的，特別是在美國唸書的大陸學生。他們如有交換計畫機會，通常會選擇前往「發達國家」。知道爾東是捨日本早稻田大學、以及古巴大學不就，特地選擇臺灣的——這樣的「稀有背景」，是我對爾東印象更深的原因。

　　爾東在班上屢有發言，因為他來自大陸，我在講授時偶爾會請他也發表意見，他總是能恰到好處地回應。由於爾東和同學的加入，我從課堂也體驗了客觀論述的重要性，並鼓勵同學多所發言。

　　爾東很熱心。他自動請纓擔任我這門課的「班代表」。他協調同學們各自提出讀書口頭報告的時間。他的安排很周詳，教

學順利進行著。鄧院長因為公忙，他上了兩次課之後，就囑咐我上完全程。我的教學負擔誠然很重，但也不敢馬虎，必須做好教學準備。我常備妥與課程有關的重要期刊報紙，提出課堂講解討論。這應該是爾東覺得我「教學負擔沉重」、卻又「精神抖擻」的原因吧。

　　爾東在政大僅僅待了一個學期。四個月的時間，時間並不算長，他跟政大的外籍生和本地生打成一片，想必跟他的心胸開朗、樂於融入有關。他能在這段極短時間內，應付課業負擔，還能寫出這樣的一本書，並不容易。他的創意和毅力，真的很令人驚喜。

　　《從華盛頓到臺北》，正是要告訴大家一個大陸年輕人眼中的臺灣。已經來臺、或正在臺灣求學的大陸學生，早已不下千百人，但同時具有大陸、美國、臺灣求學經歷的學生不多。爾東精闢的見解貫穿其中，熱情、活力、幽默、樂觀的筆觸隨處可見。他特有的想法、獨到的見解、少見的文采，在在都令人激賞。

　　爾東這本書內容，有些是遊記、有些是論述、更有些是省思。或者這樣說吧，作者──也就是書裡的「老陳」──以第三人稱的方式，流暢地將三者揉合起來，帶讀者進入雋永的世界，值得細細品味。

　　爾東述說臺灣印象，坦誠真實毫不做作。他感受過大陸官方對來臺學生設下的重重障礙、他對臺灣寶島充滿好奇和嚮往、也對大陸民主政治深刻的期待、又欣喜於兩岸簽訂ECFA的進展、以及珍視他身為政大學生的特殊機遇。

　　令人感動的，是他在校園內和其他國家的外籍生短期相處之後，最後居然大家可以中文交談。令人低迴不已的，是他認識到兩岸在規模上的巨大差異，建議大陸方面應該展現一個崛起大國

的風度和氣魄，並期許大陸在未來的兩岸政治互動中也彰顯寬容和大氣。

　　爾東曾因為嚮往《寶島一村》話劇，跟同學「毫不猶豫地」買了高鐵車票，趕到臺南劇院觀賞，真個是熱誠可感！他更在課餘，跑了臺灣南北許多地方，對各地民宿特別有好感，藉助於他的介紹，想必將為臺灣民宿帶來不少的生意呢。爾東對於陸生來臺就讀及臺灣承認大陸學歷，也呼籲臺灣朝野應該開闊心胸，該放則放，認為將有利於瞭解彼此、釋放善意、融化堅冰。善哉斯言！

　　四月中旬，他曾在《中國時報》民意論壇發表了一篇〈一位陸生眼中的飛彈尷尬〉，直指兩岸關係的互動，「主權並不一定完全沒有商量的餘地，只有利益的共享才是永恆的主題」。而大陸對於（瞄準臺灣的）飛彈的堅持，他說這「可能是目前大陸對臺灣政策中，最任性也最值得商榷的一條」。如此說法，真的是言人所不敢言。他在文章自許，大陸學生來臺之後，如能深刻解讀臺灣同齡人的想法，尤其是關注兩岸關係的未來走向「在年輕人思維中的映射」，會更具長遠意義。投書的最後，他期待兩岸同學，未來如能走入核心決策圈，屆時能否摒棄固有偏見、坦誠面對，將會至關重要。我十分同意他的見解，並樂於呼應。

　　爾東的年紀很輕，他的見識與思維相當縝密，復有對兩岸家國的關心。他自己說他「有著一張與實際年齡不符的略顯滄桑面龐」。我認為他的見解果真超越了當下一般年輕人的侷限；即使他「面龐略顯滄桑」，卻足堪欽佩。

　　他對我的授課方式和內容，語多溢美。我教學多年，樂於和年輕人交流思維與心得，尤其是在外交系、在政大，我真的是樂在其中。至於爾東引述同學說法，認為我「超藍」，看來仍屬「過譽」。實則藍天與綠地，我都熱愛。藍與綠，是自然界「最

自然」的顏色。只是臺灣政治人物眼界不寬，心胸不大，竟將最
自然的顏色，賦予極端的政治含意，鬥爭廝殺，彼此視如寇讎。
我的小小願望，是臺灣儘快結束這種對立，才能擁抱未來。我講
「中國的國際地位」，少不了要談兩岸關係、國際現勢。我慨嘆
過去臺灣多年封閉鎖國、劃地自限的錯誤政策，心儀回到「立足
臺灣、胸懷大陸、面向世界」的正軌。我期待兩岸和解、和平與
合作。

　　2008年5月馬英九成立政府後，我欣見兩岸關係趨向好轉。

　　接過爾東給我的草稿時，我極為欣喜。有時爾東會有異於
臺灣的遣詞用字。在我看來，畢竟兩岸分隔一甲子，這是很自然
的。爾東行文，讓我察覺到兩岸另一層面的異同。透過這些微幅
對比，我可從另一角度，體會中文之美。

　　「老陳」不老，他以大陸年輕人的觀點，述說他的臺灣經
驗。他的努力，可讓臺灣人更瞭解臺灣、臺灣人瞭解大陸、大陸
人也瞭解臺灣，是好事一樁！

　　爾東的這部作品，在我看來，誠然是「筆下露真情，袖中展
乾坤」，值得大力推薦。因此樂為之序。

政治大學外交系教授　李　明

2010年7月7日撰序於政治大學外交系

【自序】

海峽縱有天塹
彩虹終將相連

　　2008年11月，大陸「海協會」會長陳雲林先生訪問臺灣，與臺灣「海基會」會長江丙坤先生在臺北圓山飯店舉行第二次「江陳會」。這是馬英九上臺之後，兩會舉行的第二次會談，也是兩會領導人第一次在臺灣舉行會晤，江丙坤將其形容為「歷史的一刻」。

　　此次會談最激動人心的成果便是兩岸期盼已久的「三通」終於成為現實。如果說當年6月在北京釣魚臺國賓館舉行的第一次「江陳會」，重啟了中斷長達九年之久的兩會協商談判，是在宏觀導向上突顯了兩岸當局深化溝通、融化堅冰的政治意願的話，那麼11月的這次「江陳會」便是在具體的細節磋商上實現了歷史性的突破。

　　而這一系列讓人備感欣喜的改觀，既要歸功於馬英九內閣上臺後採取的更加友好的大陸策略，也要感謝兩岸的決策者與實踐者們日漸清晰和靈活的對話方式。海峽縱有天塹，彩虹終將相連，兩岸正在這一良性軌道上堅實前行。

　　彼時，老陳正在美國首都Washington DC的American University（美利堅大學）念大二，主修國際關係，具體的研究方向是東北亞局勢和中國國內公民社會的發展。

　　有鑒於第二次「江陳會」的歷史意義，老陳撰寫了一篇題為〈One China, 2.0?〉（〈「一個中國」政策是否正在進入2.0時代？〉）的政策評論，詳述了此次會晤的現實意義，其對於兩岸關係走勢的深遠影響，以及Washington, Beijing和Taipei各自的考量。文章後來發表在了華府著名的政策期刊《Foreign Policy in Focus》（《外交政策聚焦》）上。

　　這是老陳第一次發表英文政策評論。從那以後，老陳先後為華盛頓、北京、臺北和香港的多家英文媒體撰寫涉及兩岸關係的分析文章。某一天，猛然回首，發現不經意間自己的名字已經悄無聲息地與這座寶島有了很多交集。而在這樣的一個動態過程中，老陳也下定決心，要把Washington-Beijing-Taipei的三角關係確立為自己今後學術研究的主攻方向。

　　進而，去臺灣遊學的計劃也逐漸明晰。剛好American University與臺灣人文社科名校國立政治大學建立了交流項目，於是老陳毫不猶豫地啟動了申請流程，最終在今年2月20號順利抵達臺北，開始了歷時一學期的交換旅程。

　　而在臺灣的這幾個月，也注定成為了老陳整個本科生涯中，最豐富，最精彩，也最感動的一個學期。

　　兩岸政治對峙的堅冰尚未消融，來自中國大陸的交換學生，透過學術交流的管道，與臺灣同齡人接觸交往。在此過程中，大陸交換生們第一次近距離地觸摸臺灣，深度體驗臺灣的政治、經濟、社會與文化，自然是收穫頗豐。尤其是發現自己先入為主的固執，終於完敗給了眼見為實的震撼的時候，交換學生們會有更多的感悟，對比和反思。

　　老陳算是為數不多的在美國、中國大陸和臺灣三地均有過生活和學習經歷的學生，而這三個地方剛好也是臺海關係中三個

至關重要的利益攸關者。與此同時，作為一名國際關係專業的青年學生，老陳對於在寶島的所見所聞，自然多了一份「專業敏感」，饒有興趣地觀察著臺灣主權未定的既成事實如何影響著臺灣年輕人的性格塑造，日益明顯的海島性格又是如何優化臺灣人的創新意識，以及兩岸年輕人怎樣在社會環境的外圍差異中尋找到增進共識與友誼的根本路徑。

其實，從降落臺北的那一刻開始，不斷湧現的想法與感悟便把老陳包圍。當文字記錄不斷累積的時候，老陳覺得，或許出一本小集子是個不錯的主意。

構想成為現實，需要行動力這座橋樑。

如何讓零星的、瑣碎的、龐雜的、甚至凌亂無邊的感悟，真正以一本書為載體，呈現在讀者面前，困擾了老陳很久。寫作的過程是愉悅的，因為記錄下那些值得記錄的瞬間與細節，是充滿趣味也富有成就感的。寫作的過程又是苦惱的，因為如何用最准確的語言、最合理的結構、最恰當的方式，進行記錄和昇華，需要不斷地精益求精。

最終問世的這本書，是在臺陸生出版的第一部作品。老陳希望借此拋磚引玉，在未來見證更加制度化的兩岸學生交流的同時，也期待看到更多的大陸學生結束在臺灣的交換生活之後，可以有所感悟，有所對比，有所總結。

一直以來，老陳的學術道路上遇到了很多治學嚴謹又平易近人的導師。他們的諄諄教誨與無私指導，早已成為老陳人生旅途中不可多得的財富。在這裡要尤其感謝American University的趙全勝教授，國立政治大學的林碧昭副校長、李明教授、鄧中堅教授、趙建民教授、邱坤玄教授、朱新民教授和彭立忠教授，上海國際問題研究院的周忠菲教授，American Center for International

Labor Solidarity （美國勞聯產聯團結中心）的Earl Brown先生、Jennifer Kuhlman小姐，International Labor Rights Forum（國際勞工權益基金會）的Manfred Elfstrom先生，以及National Committee on US - China Relations（美中關係全國委員會）的諸位前輩師長。

　　在臺灣的這一學期，老陳很幸運地結交了來自世界各地的好友。首先是宿舍的三位室友——日本的岩井主、韓國的張元和瑞典的何飛，我們四人一同營造了一間富有國際化元素同時又不乏在地關懷的溫馨宿舍。此外，來自美國的司馬強同學也對兩岸關係頗感興趣，這一個學期的深入交流讓我們彼此都有了不少新的收穫，相信我們會在未來的很長時間裡成為學術上的搭檔。

　　而臺灣同學和大陸交換生則是老陳在政大期間接觸最多的兩個群體，在這裡要感謝外交系和東亞所的各位青年才俊，Student Ambassadors組織的諸位學生領袖，以及來自中國大陸多所頂尖名校的一流學子。與你們深刻而富有成效的溝通，讓我深切地意識到，要想消弭兩岸之間的隔閡，光靠宏觀政治層面的對話是遠遠不夠的。就像「公共外交」強調的是多管道全方位的大眾外交策略一樣，兩岸關係的改善更應該寄望於每一個位處基層的個體力量，比如在大陸投資經商的臺商，比如和老陳一樣在臺灣進行交流學習的大陸學生。

　　當然這麼說並不意味著一個交換生的個體可以在兩岸關係和平演變的大潮中扮演多麼舉足輕重的作用，畢竟我們中的絕大多數人或許只能在歷史的大江大河中留下一個微不足道的匿名腳印，充當過客也是在所難免。只是對於老陳自己來說，能夠在兩岸關係日趨緩和的今天，親自跨過海峽，親歷對岸的政治生態與社情民意，著實備感幸運。另一個角度來說，正是有了諸多和老陳一樣的匿名腳印，身體力行地在兩岸和解的宏偉

藍圖上添加屬於自己的一筆，才使得這幅圖景有了日漸明晰而溫暖的輪廓。

所以能夠在政大遇到來自兩岸各地的青年才俊們，並與他們深入地交流溝通，對於老陳來說是一件非常開心和幸福的事情。思想的火花不斷地碰撞，最終沉澱下來的元素才會愈加接近真知灼見。

這部作品最終能夠順利出版，還要感謝秀威資訊的諸位編輯的鼎力協助。責任編輯黃姣潔小姐非常細緻和耐心，尤其是把初稿中很多涉及簡繁體轉換的誤差都進行了調整和修改。與黃小姐的溝通過程很順利，也很有收穫，在此要感謝她的協助與配合。

今年6月，老陳在臺北度過了自己的21歲生日。而在22歲生日之前，老陳將從American University畢業。因而這本書也是老陳本科生涯的一個里程碑式的座標，既重溫那些稍縱即逝的青春激蕩，也紀念四年本科生涯所收穫的知識、友誼、信念，以及不斷調整和完善的價值觀。

最後，當然要感謝我的父母。作為中國傳統知識份子的典型代表，你們在我的成長過程中給予了我最溫暖的鼓勵，最用心的引導，還有最體貼、最持久的關懷。你們的愛和包容，給了我不斷挑戰自我、超越夢想的勇氣，是我永往直前的根本動力。我的每一點進步和提升，都離不開你們的支持和鼓勵。謝謝你們。我要把這本尚顯稚嫩的作品獻給你們。

老　陳

2010年8月於華盛頓特區

目錄

萬里征途第一步
——搞定「入臺證」

　　駐美國臺北經濟文化代表處位於華盛頓特區的威斯康辛大道上，從美利堅大學（American University）步行過去，只需要十多分鐘。2009年11月17日，老陳在這裡遞交了入境臺灣的申請材料，正式開始了靜候佳音的旅程。

　　經濟文化代表處的標牌並不是很起眼，一塊金色的方形牌匾掛在寫字樓的入口處，旁邊的指示牌上標注了辦理業務的服務廳的具體位置。老陳推開側門，發現服務廳不算大，不過布置得倒很溫馨，暖色的地毯配上簡潔的裝潢，別有一番情調。

　　接待窗口裡只有一位工作人員，在聽說我持大陸護照之後，讓我稍坐片刻，等候專門負責大陸人士赴臺的官員處理我的材料。電視上正播著東森電視臺的時評節目，幾位評論員熱火朝天地討論著奧巴馬總統就任後的首次中國之旅。作為一名國際關係專業的學生，老陳對於臺灣的政治評論節目一直有著一種非常微妙的敏感。

　　奧巴馬當選之後的首次中國之行因為有了金融危機這樣的一個大前提而顯得有些與眾不同。小布希執政的八年，中美關係的天平不斷地向更加務實的方向傾斜，經貿領域的全面合作與相

互依存，使得意識形態、人權、民主等領域的分歧在不斷地被淡化。這一趨勢在奧巴馬上臺之後得到了延續，觀察家們以及中國民眾均發現，那個曾經苛刻的山姆大叔如今卻深諳「悶聲大發財」之道，連學過中文的現任財長蓋特納，都在用略顯生澀的漢語發音強調著中美兩國「同舟共濟」的重要性。

加州大學聖地亞哥分校教授、著名中國問題專家Susan Shirk（中文名謝淑麗）曾經在她的著作——《脆弱的強權——在中國崛起的背後》（China: Fragile Superpower: How China』s Internal Politics Could Derail Its Peaceful Rise）中強調，中美、中日及海峽兩岸關係是最能挑動中南海緊張情緒的三個外部因素。而在這三層外部性影響中，謝淑麗表示，海峽兩岸關係又是靈活性最小的一個，內部的民族主義情緒讓北京在關乎臺海未來的原則性問題上可以做的妥協非常有限。

與此同時，臺海又一直是中美關係中的一個非常敏感的元素。華府，北京，臺北，三地政壇風雲更迭，彼此間的互動時而緊密時而卻又若即若離，力量的平衡不斷地被打破和重建，三方也在這樣的變幻過程中努力探尋著彼此間可能存在的最大公約數。當北京憑藉三十多年如一日的高速經濟發展，以愈發強勢的姿態成為全球矚目的焦點之時，臺北的處境便顯得尤為尷尬。

自然，臺灣電視節目裡的時事評論員們在關注奧巴馬的上海與北京之行的時候，內心的情感也是複雜而多變的。他們很關心，一個愈加緊密的中美關係，是否會讓臺灣的未來擁有更多的不確定性，而這樣的未知的前途，又是否會進一步壓縮臺北日益收緊的外部活動空間。正看得起勁，負責接待我的官員出現了。

由於之前電話諮詢過代表處，而接待我的官員剛好就是上次電話中答覆我的林女士，所以遞交材料的過程非常順利。常規的

受理時間一般是一個月，考慮到我將在四個星期後離開華盛頓，林女士特地表示會加快審理材料的速度。

事實上，從美國申請赴臺學術交換的入境許可並不比在大陸申請簡單。因為對於持大陸護照的申請人，經濟文化代表處會把申請材料寄回臺北的「內政部入出國及移民署」進行處理，然後才會寄到華盛頓的代表處，所以整個過程相當於繞了個圈，還是個跨越太平洋的大圈。當然如果是申請短期的觀光旅遊入境的話，操作起來會簡便很多，這也是持F1學生簽證的留美大陸學生能夠享受到的一項優惠政策，可以個人申請而不必依托團體機構，填寫完相關的申請表格交至附近的臺北代表處或者辦事處便算是大功告成了。

不過老陳是以交換學生的身份申請入境臺北，並不是通常意義的短期旅遊簽註，所以不得不經歷繁瑣手續的考驗。尤其是填寫完了「大陸地區專業人士申請來臺」的各項表格之後，老陳彷彿一下子昇華成了「大陸地區赴臺專業填表匠」。

由於眾所周知的原因，兩岸的民間交流雖然在近年有了不少歷史性的突破，但依然會遭遇各式各樣的政策壁壘。一方面，兩岸交流的出入境程序和手續均在不斷地被簡化與優化，另一方面，政治隔閡依然在無形中營造了稍顯過度的敏感與謹慎氣氛，像緊箍咒一樣牽制著交流的順暢。

這種情況對於意欲赴臺訪問，不論是進行觀光旅遊、商務考察亦或是學術交換的大陸居民來說，經常會帶來困惑。比如大陸居民赴臺旅遊目前只能採取團隊遊的方式，洽談之中的自由行尚未變成現實。而大陸高校的「模擬聯合國」社團要想來臺參加地區性的比賽也是不可能完成的任務，因為「聯合國」這樣的字眼對於大陸的政策制定者來說太過敏感，一旦與臺灣掛上鉤，是完

全不能接受的。另外，在陸生赴臺的交流機制日趨常態化與制度化的同時，陸生的家人尚無辦法拿到探親簽註訪問臺灣。

　　為了方便後續的說明，老陳在這裡先簡單介紹一下大陸居民訪問臺灣所需要的手續。理論上來說，大陸居民在前往臺灣之前既需要拿到臺北簽發的入境許可，即「入臺證」，同時又需要透過大陸的「臺辦」系統逐級申請，最終拿到國臺辦簽發的「大陸居民往來臺灣通行證」，即「通行證」。「入臺證」與「通行證」兩證齊全之後，才算是手續完備。「臺辦」的全稱是「臺灣事務辦公室」，也就是大陸涉臺工作的官方機構，按照級別逐級向上遞進，設有「區臺辦」、「市臺辦」、「省臺辦」，直至大陸涉臺事務的核心機構──「國務院臺灣事務辦公室」，也就是通常所說的「國臺辦」，其角色類似於臺北的「陸委會」。對於涉臺交流比較頻繁密集的省份，國臺辦直接把簽發「通行證」的權力下放到了當地的省臺辦，比如江蘇省的居民就可以直接在省一級的臺辦完成申請手續。

　　經濟文化代表處裡，接待老陳的林女士似乎對於大陸居民前往臺灣的出境手續並不是很了解，表示我這樣的情況並不需要北京的國臺辦簽發的赴臺通行證，憑著臺北簽發的入境許可，便可以直接從南京登上直航臺北的飛機。我只好耐心解釋，如果是從大陸赴臺的話，必須持有「大陸居民往來臺灣通行證」，不然是既不可以出境，也不能購買直航機票的。

　　當時的老陳還沒有意識到，那張「大陸居民往來臺灣通行證」會成為他赴臺交換旅程中遭遇的最大的一個政策障礙，並一度為老陳的海峽之旅蒙上不能成行的陰影，個中經歷會在之後的章節中具體描述。待我解釋完畢，林女士方才恍然大悟，但也愛莫能助，聳聳肩表示遺憾。簽收完材料後，林女士讓老陳回學校等電話。

　　走出服務廳，老陳又忍不住看了看那個不起眼的標牌，「駐美國臺北經濟文化代表處」的十二個字印刻在金黃色的不銹鋼牌匾裡，低調與沉穩並在，同時又不失莊重。除了位於首都華盛頓的代表處之外，臺北還在亞特蘭大、波士頓、芝加哥等十二個美國城市設立了經濟文化辦事處。在臺北外事系統的定位中，「代表處」等同於「大使館」，而「辦事處」則履行「領事館」的職責。代表處的官方網站位於「中華民國駐外單位聯合網站」這一主頁面之下，而後者的網址卻有兩個，其中一個域名taiwanembassy翻譯成中文的話便是「臺灣大使館」。不僅僅是網站的域名，從青天白日旗的擺放形式，到代表處官員的稱謂和行政官銜，細節中處處彰顯了華盛頓、北京、臺北三方的相互博弈與妥協。政治家們也在盡情發揮政治智慧，利用政策彈性，追求各自利益的最大化。

　　由於臺北與華盛頓之間沒有正式的外交關係，因而經濟文化代表處的角色便顯得尤其關鍵和微妙。除了搭建經濟合作與文化交流等常規平臺之外，代表處也在積極尋求和議員們的溝通機會，以期提高臺灣問題在美國國會的關注率，同時也加強與位於華府的相關智庫以及非營利組織的互動，為擴大臺灣的國際影響造勢。

　　從代表處出來，沿著Van Ness大街步行，只需要十多分鐘便可以抵達中華人民共和國駐美利堅合眾國的大使館。與偏安在商務寫字樓一角的臺北代表處不同，這座08年落成的新館刷新了美國國內規模最大的外國使館記錄。事實上，中國大使館新館並不是一座單一的建築，而是一組乳白色建築群，由著名華裔設計師貝聿銘的兒子貝建中和貝禮中設計，在中美建交三十周年之際，與位於北京的美國駐華大使館新館幾乎同步啟用。

　　通常來說，一個國家外交機構的興衰沉淪是考量其綜合國力變遷的風向標與晴雨表，同時也見證了其國際地位的演變與發展。

　　有趣的是，在中美正式建交一個多星期之前，臺北將中華民國駐美官邸──雙橡園，以二十美元的象徵性價格出售給了美國的民間組織「自由中國之友協會」。三年之後，臺北又把雙橡園從該協會購回，不過這次所花的代價則是200萬美元。一番周轉，臺北方面荷包大放血，為的就是避免雙橡園在中美建交之後被劃為北京的財產。從卡特政府宣布與北京建交，到中美兩國正式建交，其間有半個月的緩衝時間，臺灣方面正是在這半個月裡緊急「出售」了館產。按照國際法的慣例，此做法的合法性與合理性尚有待商榷，不過美國國會隨後頒布的《臺灣關係法》默許了這一舉動，北京方面後來也未深究，於是這個小插曲也就成了磅礴歷史的花絮。

　　1979年1月1日，中美兩國正式建交，華盛頓康涅狄格大道2300號「溫莎旅館」裡的中國駐美聯絡處正式升級為大使館。當年聯絡處裡年輕的中方翻譯楊潔篪，如今已是中國外交部的部長，正在這一崛起中大國的國際化征程中扮演著舉足輕重的角色；時過境遷，中美兩國也已經成為當今世界最有影響力的兩股超級力量，兩者所扮演的國際角色也因而被觀察家們定位為「G2」夥伴關係。在這樣的大背景下，這組位於華府「第二使館區」的、落成不久的建築群，注定是各國駐美外交機構中具備了相當話語權的一個。

　　一公里之外的臺北經濟文化代表處則安靜地坐落在威斯康辛大道上，周圍的環境靜謐而祥和，它靜觀人來人往，雲捲雲舒，風雲變幻之下卻依舊泰然自若，風度翩翩，彷彿與世無爭。然而

表面的寧靜卻依然難掩融化在細節裡的寂寞與不甘，冥冥之中似乎又在期待著新的變革與轉機。

　　從中國大使館到臺北代表處的這十分鐘路程，看似很短，然而兩岸的政壇翹楚與民間義士們共同走了六十多年，卻依然不曾相會。而今日年輕一代的兩岸學子們，已經開始身體力行地跋涉前輩們尚未走完的征程。大陸多所高校與臺灣的姊妹院校設置了交換生項目，赴臺交換生的人數逐年上升，臺灣方面也在2010年8月通過法案，有限制地開放大陸學生赴臺就讀和承認大陸部分高校學歷，雖然該法案的商議過程一度遭到了綠營的激烈抗議。

　　作為這批跨海峽學生交換先行者中的一位，老陳深感榮幸，同時又深知肩頭的責任感與使命感重大。說重大，倒不意味著一個交換生的個體可以在兩岸關係和平演變的大潮中扮演多麼舉足輕重的作用，畢竟我們中的絕大多數人或許只能在歷史的大江大河中留下一個微不足道的匿名腳印，充當過客也是在所難免。只是對於老陳自己來說，能夠在兩岸關係日趨緩和的今天，親自跨過海峽，親歷對岸的政治生態與社情民意，著實備感幸運。從另一個角度來說，正是有了諸多和老陳一樣的匿名腳印，身體力行地在兩岸和解的宏偉藍圖上添加屬於自己的一筆，才使得這幅圖景有了日漸明晰而溫暖的輪廓。

　　遞交完材料的幾天之後，臺北的出入境審查機構告知老陳，入臺證已經辦妥，萬里征程的第一個里程碑式的成功正式誕生。然而路漫漫其修遠兮，老陳還在路上，堅定並勇敢著。

華府智庫裡的臺灣元素

　　對於國際關係專業的學生來說，能在美國首都華盛頓特區上學，是一件非常幸福的事情。因為這裡星羅棋佈的智庫及非營利組織，為青年學生和研究學者提供了難能可貴的學習資源和實踐平臺。老陳也很慶幸，當年四五份錄取在手的情況下，毅然選擇了American University（簡稱AU），選擇了Washington DC這座城市。

　　American University的創辦緣起美國首任總統華盛頓先生在首都建立一所「國家大學」的願望。1893年，國會通過法案，正式奠定了這所學校建校的法理基礎。正因為這樣的淵源，自AU創校至今，該校學生的畢業證書上一直蓋有國會的印章。因為位於首都的緣故，AU的國際關係、公共管理還有大眾傳媒三個專業出類拔萃，都是全美top10的水準。可以說是這座城市的資源造福了這個學校，而學校的發展反過來又為城市增色不少，相得益彰，良性互動。

　　老陳選擇這所學校，更加看重的，自然是華盛頓特區這座城市的魅力。華盛頓—北京—臺北之間的三角博弈一直是老陳研究興趣中的重中之重，平時華府智庫有相關話題的研討會，自然也

少不了老陳的身影。人在首都,當然要好好利用這裡得天獨厚的學術資源。

　　事實上,經過幾十年的實踐與摸索,「智庫文化」在西方國家已經是一個相對成熟的概念,而這一概念在美國首都華盛頓得到了最完美的詮釋。作為全球非營利組織密度最高的城市,華盛頓雲集了數百家智庫,其中不乏布魯金斯學會、卡耐基國際和平基金會、傳統基金會等世界頂級智庫,它們關注的領域也涵蓋了從內政到外交的各個細節。作為學術界和決策者之間的一座橋梁,智庫通常在政策制定層面扮演舉足輕重的角色。同時,從民間渠道籌集的經費也確保了華府智庫自身的獨立性,使之不會輕易被決策者左右。

　　獨立性與民間性是華府智庫所具備的兩個重要元素,它們非常強調與學界與政界的有效互動,並在此過程中擔當連接的橋樑。而這樣頻繁互動的背後也凝聚了一股推動力,成為智庫提升權威性和擴大影響力的催化劑。研究團隊的精英化,與決策者頻繁而富有成效的互動,公共教育項目的廣泛覆蓋,共同促進了「智庫文化」在華盛頓的蓬勃發展。

　　主流智庫的美國學者中有多位研究臺海關係的專家,包括布魯金斯學會(Brookings Institution)東北亞政策研究中心主任Richard Bush(中文名卜睿哲,曾在1997年至2002年間擔任美國在臺協會理事主席),戰略與國際研究中心(Center for Strategic and International Studies)的Bonnie Glaser(中文名葛來儀,曾任美國國防部亞洲事務顧問),史汀生中心(Henry L. Stimson Center)的Alan Romberg(中文名容安瀾,曾於2009年1月在臺北拜會馬英九,為新形勢下的臺海關係建言)等等。

　　由於各家智庫在政策傾向及研究策略方面存在差異，所以對於同樣的議題常常也會有迥然不同的分析與結論，而這樣「百花齊放，百家爭鳴」的模式既體現了學術界多元化的表現形式與兼容並蓄的風度，同時也有利於營造一個良性競爭的整體氛圍，在思維碰撞的過程中不斷激發智慧的火花。

　　具體到華盛頓－北京－臺北的三角關係，不同的智庫自然也會有不同的傾向。比方說，老牌右翼智庫「傳統基金會」就一直是「中國威脅論」的主要推動者，同時也是「親臺派」的典型代表，其保守派的原則與宗旨促使其更加注重臺灣自身的本土屬性，因而多次為臺灣的政治人物或組織提供話語平臺，民進黨主席蔡英文和前行政院長劉兆玄均在傳統基金會發表過演講。

　　而與傳統基金會同樣位於Massachusetts Avenue（也就是著名的「Embassy Row」）上的布魯金斯學會，雖然日趨中立，卻依然保留著一些若隱若現的左翼痕跡，被廣泛認為是「親中派」的代表。在裴敏欣離開卡耐基國際和平基金會之後，布魯金斯學會的中國中心的研究主任李成，便成為華府主流智庫中唯一一位華人學者，這也為布魯金斯學會更加客觀和深刻地解讀中國創造了條件。

　　2006年，布魯金斯學會落地北京，與清華大學合作成立了清華——布魯金斯公共政策中心，成為中國大陸智庫領域的首位常駐「外援」。此外，布魯金斯學會理事會主席約翰・桑頓（John L. Thornton）先生還兼任清華大學「全球領導者」項目的教授，這也再次強化了布魯金斯的「親中」痕跡。

　　不過作為規模最大的智庫之一，布魯金斯學會的學者們的觀點多元，有些甚至可能會與總體的「親中路線」相悖。可貴的是，不論是「親中」還是「親臺」，學術的獨立性都會被尊重，學者們也都有堅持既有研究方向和傾向的學術空間。

　　根據老陳的觀察，雖然分歧總是存在，但是對於華盛頓－北京－臺北的三角關係而言，智庫屆也慢慢形成了一個不成文的「華盛頓共識」。

　　這一共識首先強調了美中在經貿領域的合作無法取代。作為兩個超級大國，美中之間的一舉一動時刻牽動著整個世界的神經，從天而降的金融危機更是讓雙方意識到攜手共進的重要性。在全球化浪潮日益洶湧的今天，北京作為制造加工鏈上至關重要的一環，已經擁有了足夠的話語權對華盛頓在全球戰略格局中所占據的主導地位進行牽制。正是基於這樣的背景，華府智庫彼得森國際經濟研究所（Peterson Institute for International Economics）所長伯格斯滕（C. Fred Bergsten）提出了「G2」的概念，強調中美合作在應對國際問題時的重要性。

　　其次，雖然北京在經濟發展領域的卓越貢獻已經讓全世界矚目，但依然沒有滿足西方在核心價值體系方面的定義。一方面是高速運行的經濟機器，另一方面卻是備受指責的政治制度和亟待健全的法制體系，一個崛起中的北京在很多人看來更像是在「無照裸奔」。不過話說回來，一個有趣的現象是，如果奔跑得足夠久，足夠堅定，那麼裸奔的正當性很可能逐漸建立，路邊得行人即便有再強烈的不滿也只能乾瞪眼，從而對「穿衣服奔跑」主流理論形成衝擊。作為整個華語圈第一個實現民主政治的社會，臺北在意識形態方面占有了絕對優勢，「民主牌」也成為其自我區分於北京，並獲得外界讚賞的一張王牌。

　　第三，臺灣元素一直是華府與北京之間難以迴避的關鍵議題，而政策層面的模棱兩可也使得白宮在這一問題上擁有了非常靈活的可操作性。北京希望華府恪守「中美三個聯合公報」，減少對臺灣問題的干涉，停止對臺軍售。而臺北則希望華府可以依

照《臺灣關係法》中的綱領性指南，對臺灣的安全和穩定給予更多關注和保障。對於敏感的軍售問題，智庫屆大多傾向於維繫海峽兩岸的軍事與戰略平衡，也就是說並不反對華府在重塑這一平衡方面採用包括軍售在內的多種手段。

在老陳兩年半的華府生涯中，曾多次參加華府智庫舉辦的臺海問題研討會，親身聆聽這些頂級學者的演講，在深化自己對相關問題的宏觀定位的同時，也深切地意識到臺海問題的複雜性早已經超越了國共內戰遺留問題的程度，而升級為一個國際社會關注，政治學者感興趣的，具有全球性元素的議題。

從2008年11月到2009年5月，老陳在華府兩家頗有名氣的國際勞工權益組織進行兼職實習研究，分別是國際勞工權益論壇（International Labor Rights Forum）和美國勞聯產聯團結中心（the American Center for International Labor Solidarity, AFL-CIO），關注的是轉型期的中國如何面對日益突出的工人權益問題以及相關的立法保護，尤其是2008年出臺的新《勞動合同法》的理論影響和實踐困境。

《勞動合同法》從保護勞動者權益的角度出發，加強了對用人單位的約束，卻在無形之中增添了後者的人力資源成本。對於大陸的很多中小型製造業企業來說，廉價的勞動力成本是其得以在市場中找到一席之地的關鍵法寶。用工成本大幅增加後，再加上不期而至的全球金融危機，珠三角地區的很多製造業企業不得不關門大吉，導致試圖被保護的勞動者反而成為了利益受損的失業者。

這樣出發點與最終結果背道而馳的政策法規，再次提醒大陸的決策者與立法者，要結合自身實際情況，選取合理的方案，採用漸進的策略，避免動機與結果南轅北轍的尷尬。而這樣的原則

當然值得北京在處理涉及臺海的相關議題時進行借鑒，制訂切實可行的策略，以實現最終結果的優化與完善。

09年4月22日，老陳向實習機構的主管導師請了假，來到距離勞聯產聯團結中心幾百米之外的戰略與國際研究中心（CSIS），參加該機構主辦的題為「新時期的美臺關係──《臺灣關係法》頒布三十周年之際的展望」（U.S.-Taiwan Relations in a New Era: Looking Forward 30 Years After the Taiwan Relations Act）的研討會。

最近三十年來，臺灣的國際空間與日俱減。1971年，中華人民共和國成為中國在聯合國的唯一合法代表，七年之後，北京與華盛頓正式建交。三十多年之後的今天，臺北的外交空間已經岌岌可危，目前被壓縮到只剩下23個「邦交國」的狀態。

值得注意的是，自馬英九內閣2008年5月上臺以來，兩岸採取了更加務實的態度來面對歷史遺留問題的爭議，臺灣的國際空間也遇到了「柳暗花明又一村」的轉機。2009年5月，行政院衛生署署長葉金川帶隊，以「中華臺北」的名義參加世界衛生大會，標誌著臺灣正式成為世衛大會的第七個觀察員，這對於一直尋求外交突破的臺北來說絕對是一個具有里程碑意義的進展。

而悄然進行著的則是兩岸頗有默契的「外交休兵」。臺北不再謀求象徵意義遠大於實際功效的「金元外交」，馬英九上任後的出訪活動也是盡力低調，尤其是專機經停美國時並未如他的前任般大張旗鼓。北京自然也是看在眼裡而心中有數，不再利用自己的大國影響籠絡臺北的「邦交國」，盡力維繫著臺海兩側已經失衡的外交現狀，所謂「得饒人處且饒人」。

此外，利用APEC峰會這樣的多邊磋商機制，中共總書記胡錦濤和國民黨榮譽主席連戰在秘魯和新加坡均舉行了會談，在增

進國共兩黨政治互信的同時，也為臺灣的國際化之路搭建了友好寬鬆的區域性平臺，細節之處充分彰顯了兩岸政治人物的氣度與智慧。

2005年4月，時任國民黨主席的連戰率領中國國民黨代表團訪問大陸，實現了國共內戰結束以來兩黨之間首次最高層次的會晤。雖然出發之時在臺北機場遭遇了嚴重的抗議風波，連戰一行還是突破重圍順利抵達訪問首站——南京，也就是老陳的故鄉。正因為其歷史上的不可複製性和對兩岸和解的深刻促進作用，此次訪問被譽為「和平之旅」，永載史冊。

更為關鍵的是，國共兩黨跨越海峽，時隔六十年後的再度握手，不僅僅是時間和空間上的雙重交會，更為三年之後國民黨以執政黨的身份走上舞臺中央，推行更為友好的大陸政策埋下了伏筆。

所以在這樣的大背景下，CSIS主辦的本次研討會的氣氛還算比較輕鬆愉快，一點沒有劍拔弩張危在旦夕的緊迫感，畢竟兩岸「擱置爭議，求同存異」的大前提也讓諸位政客和學者得以暫時擁有一份輕鬆舒緩的心態。

因為要和時差十二小時之遙的馬英九先生視頻連線，此次研討會選擇在清晨8點開始。這樣的時間對於喜歡睡懶覺的美國人來說，的確是個不小的折磨，不過為了一睹小馬哥的風采，會議室裡依然是座無虛席，好不熱鬧。

視頻中看到馬英九端先生坐在總統府的會議室裡，諸位內閣高官與美國智庫學者則分坐在他的兩側。只見馬英九春風滿面，談吐自如，流利的英文自然也是他拉近臺灣與西方世界的一大法寶。他的演講主要強調了海峽兩岸關係「先經濟，後政治」的基本原則，也暗示與大陸關係的改善，將有利於臺灣進一步拓展國際空間以及與其他國家發展更加良好的關係。

　　會上老陳不僅聆聽了數位美國專家對當前臺海局勢的評估與預測，還在中場休息的時候見到了「911事件」發生後，堅守鳳凰衛視直播臺十幾個小時，進行同聲傳譯的資深評論員鄭浩。鄭浩當時在布魯金斯學會東北亞研究中心做訪問研究，主要的研究方向是上海合作組織今後與北約在更多議題上展開合作的前景和路徑。

　　除了李成和裴敏欣兩桿常駐老槍之外，這些年華府智庫中其實一直不乏華人身影。他們中的很多人在智庫從事為期半年或者一年的訪問研究，了解頂尖智庫的運作理念與研究方式，回到自己的大本營之後再有所借鑒，加速知識界在全球化背景下的融合。而這些華人學者的出現，也為美國智庫研究中國提供了新的思路，他們所帶來的本土化的思維進一步延伸了頂尖智庫多元化的背景。比如李成所從事的大陸領導層變遷的理論研究，便是一個美國學者很難進行系統化梳理的領域。而李的大陸成長背景與美國教育背景的有機結合，也奠定了其在大陸領導層研究方面的主導地位。

　　另一個有趣的例子則是中央電視臺的學者型主持人王利芬，她在布魯金斯學會從事中美電視媒體的比較研究，回國之後打造了一檔商戰真人秀節目──「贏在中國」節目。當中選手們的表現淋漓盡致地展現了中國式商戰的錯綜複雜，嘉賓點評也總是妙語連珠，深受觀眾喜愛，被譽為是中國版的The Apprentice. 2009年暑假，老陳在紐約的「美中關係全國委員會」實習，每天晚上下班回家後都會看上幾集「贏在中國」的視頻，後來還寫了篇總結發在了人民網的英文評論板塊。

　　一下扯遠了，回到正題。馬英九的發言結束之後，有一個提問環節。老陳所提的關於開放大陸學生赴臺交換的問題也幸運地

得到了馬的正面回答，他表示開放大陸學生來臺求學的想法，是要讓兩岸的年輕一代彼此了解，成為朋友，這也將對未來的海峽兩岸關係產生深遠的影響。他還強調了臺灣高等教育資源供大於求的現狀可以與大陸存在的粥少僧多的狀況互為補充。這個提法很新穎，老陳頓覺眼前一亮，只是說法背後的配套設施似乎並未跟上，因為臺灣在當時還未承認大陸學歷。而事實上這次與馬英九的近距離對話，再次堅定了老陳臺灣之行的信心，決定順應兩岸學術交流的大潮，去臺灣領略中華文化的另一番表現形式。

旅行的意義
——北韓

　　啟程去臺灣之前的那個寒假，老陳幹了兩件事情。而這兩件事的結局卻有著天壤之別，一件順風順水，另一件卻沒那麼順暢了。這一章先說比較一帆風順的那件。

　　這是一段關於旅行的故事。在過去的一年多裡，老陳在三十多座城市留下了足跡：紐約、華盛頓特區、洛杉磯、舊金山、聖地亞哥、拉斯維加斯、上海、南京、滁州、成都、樂山、重慶、武漢、北京、瀋陽、丹東、平壤、開城、臺北、臺中、臺南、高雄、宜蘭、花蓮、廈門、泉州、漳州、武夷山、蘇州、深圳、廣州、香港。除了在華盛頓主要是上學為目的，在南京主要是陪伴父母之外，其他都是旅行的性質。不到一年的時間，足跡遍佈東西兩個半球、長城內外以及海峽兩岸，對於老陳來說是一件非常有滿足感和成就感的事情。能夠在不同的城市體驗文化和風俗的差異，觀察社會結構和政治生態的區別，亦是很有意義。

　　這一章節所要詳細介紹的，不是其他，正是2010年年初的那次北韓之行。旅行方面，老陳對於比較獨特的政治體制和社會生態，總是情有獨鍾，而前往北韓，便是為了看看社會主義的最後一片原始森林。今後的假期，老陳還打算去緬甸看看。之後，如

果時間允許的話，再去伊朗走走，這樣就可以系統地探索一圈亞洲的極權國家們，相信屆時也會總結出不少心得。

不過有人說，為什麼想要去緬甸呢？在那裡消費之後，收入都進了軍政府的腰包，豈不是變相地「助紂為虐」嗎？老陳覺得這是個不錯的問題，所以屆時會儘量選擇住在民宿，使用私人租車，而不是緬甸的國有酒店和車輛。這裡有一個悖論，如果遊客們都為了制裁軍政府而不去緬甸旅行的話，那麼在相關服務業工作的普通從業人員會是受損最嚴重的群體，因為他們的抵抗力最弱，轉變謀生模式的速度也相對緩慢，於是貧富差距反而被加深。這麼一想，老陳的緬甸之行又增添了不少正當性理由，看來是勢在必行了。

好，暫且打住，老陳緬甸之行究竟如何操作，本章不作深入討論，先把北韓旅行的感悟進行一下總結，與讀者朋友們分享。

2010年1月底，老陳從大陸最大的邊境口岸城市───遼寧省丹東市出境，雄糾糾，氣昂昂，跨過鴨綠江，造訪了一直頗為嚮往的北韓。四天的時間裡，老陳遊歷了新義州、平壤、開城等城市。雖然緊湊的行程只允許浮光掠影中的驚鴻一瞥，但是身臨其境地見證社會主義的最後一面紅旗時候所激起的震撼，絕對超越了一般旅遊能夠帶來的愉悅。

東北亞局勢一直是老陳的研究興趣之一，而這一地區最為熱點的兩個議題便是海峽兩岸關係和北韓核危機。在前者日趨平穩的今天，後者卻逐步演變成為最能夠挑動全世界神經的熱點問題之一。

在華盛頓的幾年裡，老陳發現，美國同學經常會對北韓這個神奇的國度充滿想像，理性的解讀之外當然也飽含偏見和誤解。由於美國與北韓之間尚未建立正式外交關係，普通美國人很難前

往北韓，更不要說有機會接觸北韓的普通民眾了，因而道聽塗說，以訛傳訛之後，自然對北韓的認識存在不少誤差和偏頗。他們印象中的北韓是一個不折不扣的「流氓國家」，領袖個人崇拜現象嚴重，經濟發展滯後，人民生活在被壓迫的苦難之中。

常常自詡為「世界公民」的美國同學們，對北韓很有興趣，有些甚至希望前去做田野調查。不過因為眾所周知的原因，美國公民幾乎沒有可能前去旅行。不過如果你是神通廣大而且勇氣可嘉的美女記者，更為關鍵的是深信前總統克林頓先生一定會空降平壤「英雄救美」的話，當然也可以懷揣美利堅的護照前去探一探路，就像兩位美籍亞裔女記者凌志美和李雲娜那樣。

好在對於中國公民來說，前往北韓旅行的難度比美國公民小了很多，簽證手續非常簡便。普遍來說，美國護照在旅行中非常管用，很多國家對美國公民採取免簽證或者落地簽證的政策。不過北韓和古巴算是兩個例外。有趣的是，恰恰是這兩個國家，對中國公民非常友好，前者的簽證很容易拿到，後者則直接對中國遊客免簽證。事實上，古巴是為數不多的對中國公民免簽證的國家之一，看來還是社會主義的兄弟情義牢不可摧，感人至深啊。

對於老陳來說，去北韓旅行其實是一個醞釀了很久的願望。本來這個計劃在半年之前的那個暑假就該實現的。只是彼時朝鮮半島的局勢頗為緊張，平壤在該年5月底進行了新一輪的核試驗，聯合國安理會在6月份一致通過1874號決議，以嚴厲的措辭對平壤的此次核試爆進行了譴責。

出於安全考慮，再加上父母的擔心和不安，老陳的北韓之行被迫推遲到了2010年的1月。而正因為1月份是北韓旅行的淡季，遊客寥寥無幾，我們團裡的四位團員才得以享受兩位北韓導遊全

程陪同講解的優質服務，這近乎VIP式的待遇也讓老陳的北韓之行
成為了不折不扣的精品遊。

　　提前一天抵達遼寧丹東之後，老陳參觀了位於錦江山西麓的
「抗美援朝紀念館」，重溫了那段崢嶸歲月。在共和國六十多年
的歷史上，抗美援朝這一段絕對算是寫下了濃墨重彩的一筆。很
多經歷過那個年代的老一輩們提起往事，依然熱血沸騰，激情澎
湃。（大陸一般稱「南韓」為「韓國」，「北韓」為「朝鮮」，
所以是「抗美援朝」。）

　　上世紀五十年代初，北京和平壤──兩位共產主義的親密兄
弟，攜手並肩，浴血奮戰，有些不可思議地讓看似天下無敵的美
利堅咽下了戰敗的苦果。然而，半個多世紀之後，中國與北韓間
的戰略合作夥伴關係，雖然看似依舊堅不可摧，卻並未像人們想
像的那樣歷久彌堅，反倒是出現了一些微妙的變數和鬆動。

　　這不得不從歷史的角度做一個梳理。三十多年前，改革開
放的總設計師鄧小平開啟了中國大陸經濟騰飛的按鈕。「文化大
革命」的陰霾尚未完全褪去之時，鄧小平便以異常超前的遠見，
察覺到意識形態之爭必須為經濟發展讓路，他所提出的中國特色
社會主義理論也巧妙精準地詮釋了社會發展模式的靈活性與可塑
性。也正是對計劃經濟模式的徹底訣別和對市場經濟實踐的熱情
擁抱，才造就了今日中國創紀錄式的發展潛能和日益提升的話
語權。

　　而鴨綠江另一側的北韓，由於一直奉行「閉關鎖國」的自我
封閉政策，半個多世紀以來經濟發展停滯不前，能源和食品等資
源的供給也根本無法實現自給自足，只能依靠中國的援助。而平
壤一直以來從未幻滅的的「大國野心」，使其既不願意擔當超級
大國的附庸，又不願意淪為他人博弈時那顆左右飄搖的棋子。為

了引起國際社會的關注，同時也是為了轉移國內矛盾的注意力，平壤多次遊走在危險的核武遊戲的邊緣，也與國際社會所遵循的主流價值觀漸行漸遠。

　　平壤一次次地挑釁國際社會可以容忍的底線，這也引起了北京的反感，因而在2009年6月聯合國安理會發表的譴責北韓核試驗的決議中，北京投下了贊成票。與此同時，平壤和北京又不得不相互依存，前者離不開後者的經濟援助，後者也需要前者這樣一個籌碼來牽制華盛頓。所以中國與北韓的雙邊關係既見證歷史的輝煌，又經歷風雨的飄搖，然而利益層面的精確考量又讓雙方不得不勉力維繫著這樣一份若即若離的親密。

　　這也再次驗證了國際關係理論中「國家利益至上」的原則。的確，國與國的交往中，既沒有絕對的敵人，也沒有永恆的朋友，只有亙古不變的利益。同樣的原則也適用於黨派相爭。海峽兩岸關係亦是如此。曾經怒目相視、打得不可開交的國共兩黨，六十年後依然可以握手言歡，促膝長談。而紅藍攜手的背後，只為了邊緣化那一抹綠色。

　　鴨綠江一側的中國丹東，高樓林立，晚間燈火輝煌。這裡工業發達，商業繁榮，物流業及旅遊業均蒸蒸日上。相比之下，另一側的北韓邊境城市——新義州，則要黯淡了許多，落後的生產力，街頭老百姓樸素的穿著，以及隨處可見的革命招貼畫，讓人感覺更像是文革時候的中國。如此巨大的反差，竟然就發生在這不到一公里長的鴨綠江兩端。現實的震撼，在每一個遊客的內心激起陣陣波濤，迸發出的衝擊力絕對不亞於鴨綠江漲潮時候江水的威力。

　　而在開城的板門店軍事區，遊客們又可以觀察到軍事分界線（也就是通常所說的「三八線」）兩側的巨大差距。一側是北韓

軍方的辦公樓，顏色灰暗，裝潢簡單，執勤中的北韓軍人們衣著樸素；而另一側的韓國軍方辦公大樓則充滿了現代化的元素，外部裝修頗為大氣，正在站崗的韓國軍人們的軍裝也更為精緻。

事實上，建築物和服飾的差異只是小小的縮影，濃縮的卻是韓戰之後兩邊所走過的迥然不同的發展軌跡。當韓國與新加坡、臺灣、香港並稱為「亞洲四小龍」的時候，北韓卻依然在貧困線以下苦苦掙扎。「三八線」兩側同屬高麗族，當人為地把同一民族隔開，幾十年間不能自由往來的時候，深陷其中的普通民眾所承受的苦楚和悲憤，是外人很難理解和感受的。

親眼所見之後，老陳愈加深切地體會到，政治制度及經濟模式的選擇，對於社會進步可能會產生非常深遠的影響。今天鴨綠江及「三八線」兩側的天壤之別便是顯而易見卻又引人深思的案例。臺灣海峽的兩岸也在六十年的摸索中選擇了各自的政治體制及社會模式，雖然這樣的選擇本身既有主動爭取的緣故又不乏被動妥協的元素。

所以今天再去討論兩岸關係的時候，其前提已經完全不同於國共內戰剛剛結束的階段，亦不同於臺灣剛剛開始民主化進程的起步摸索階段。如今的臺灣是一個完成了制度轉型的民主政體，見證了兩輪和平且成功的政黨輪替。在這樣的新形勢下，兩岸能否淡化分歧，彌合傷痕，將會是實現大中華融合的關鍵所在。

這也就要求兩岸的決策者在政治對話領域找到一個謀求共識的突破點，取長補短，實現最優化。一味地強調價值觀的分歧只會讓本已形成的裂縫變得愈加難以修復。而事實上兩岸同根同源，五千年中華文化的底蘊一脈相承，六十年分區而治形成的分歧並非根深蒂固，重新彌合這些歷史的創傷也是大勢所趨。所以，相較而言，政治開放較為遲緩的中國大陸，需要認清現實，

有所調整，彌合差距，為兩岸在核心價值觀上的重新整合創造條件。

　　老陳一直覺得，政治制度的差異並不應該成為兩岸實現再次融合的最大障礙，一些創新的思路應該在這樣一個複雜而棘手的政治困境中得到應用。事實上，北京和臺北重新走向和解，並不意味著誰吞並誰，或者誰向誰妥協，而是「合久必分，分久必合」的歷史規律，更是對中華文化的完整性和延續性的維繫和尊重。同時，在政治制度和社會價值的取捨方面，兩岸也應該遵循優勝劣汰的準則，選擇更加優化的制度，這樣方可最大化兩岸民眾的福祉。如果海峽兩岸的雙方可以恪守「互相尊重，互不否認」的原則，在一個對等的平臺上坦誠對話，避免「矮化」，那麼重新融合的歷史抉擇將會既順應潮流，又有益於雙方，何樂而不為呢？

尷尬「通行證」
旅途蒙陰影

上一章中已經有所提及，其實除了北韓之行外，老陳在這個寒假還有另一項任務，只是結局不太順利。

09年聖誕平安夜的深夜，老陳搭乘洛杉磯直飛北京的航班，在首都機場轉機之後抵達南京，隨後便馬不停蹄地啟動了申請「大陸居民往來臺灣通行證」的程序。如果說之前在華盛頓申請的「入臺證」可以確保老陳順利進入臺灣的話，這張「大陸居民往來臺灣通行證」便是由大陸方面頒發的、允許老陳從大陸地區前往臺灣的出境證件。

考慮到離政大開學還有兩個月，時間充裕，因而對於處理好這個手續，拿到赴臺之前的最後一個關鍵證件，老陳也算是胸有成竹。再加上之前人在美國的時候就已經電話諮詢過大陸的國臺辦，詢問我這樣的情況是否可以申請，也得到了對方比較肯定的答復，老陳可謂是信心十足。

然而理想與現實總是有差距的，尤其是當個體力量的微弱與規章制度的刻板直接交鋒的時候。

　　按照一般學術交換的赴臺程序，申請人需要出具所在單位的介紹信，然後到就近的臺灣事務辦公室，逐級報批之後再拿著批文去公安局辦理通行證。

　　而老陳在高中畢業之後便去了美國，所以並沒有附屬在任何一家「單位」，自然也出具不了「單位介紹信」，這就給南京市臺辦和江蘇省臺辦出了一個難題。於是省臺辦請示了國臺辦，也就是大陸涉臺事務的最高行政機關，後者表示從未處理過這樣的先例，但是本著促進兩岸民間交流的原則，同意特事特辦。

　　然而在我的申請材料逐級上報，最終遞交到了國臺辦的時候，變數出現了。

　　這裡需要介紹的是，老陳在政大的交換院系是國際事務學院下設的外交系，該系也是臺灣培養國際事務人才的搖籃，現任副總統蕭萬長、外交部長楊進添，以及親民黨主席宋楚瑜均畢業於該系。不過「外交系」這個名字在北京的國臺辦交流局看來卻是過於敏感了，他們的邏輯是———「臺灣是中華人民共和國的一部分，怎麼能有外交呢？大陸是不承認臺灣的外交的」。

　　離開平壤，返回丹東之後，老陳直接坐火車去了北京，前往國臺辦現場解釋政大「外交系」的來龍去脈。在和國臺辦交流局官員的直接對話中，老陳強調道，「外交系」這個名字並不意味著研究「臺灣的外交」，而是以臺灣的視角，觀察和解讀國際局勢的波動與變遷。

　　不過老陳的解釋最終還是沒有被國臺辦所接納，後者出於高度的政治敏感性，堅決拒絕批准老陳的通行證申請。於是，老陳的赴臺申請在這一刻折戟沉沙，那張看似觸手可及的「大陸居民往來臺灣通行證」也頓時變得如「鏡中花，水中月」般遙不可及。

　　拿不到這張證，就意味著老陳將無法搭乘南京直飛臺北的航班，而只能在大陸以外的第三地中轉。也就是說，雖然南京直飛臺北只需要不到兩個小時，老陳卻不得不在澳門轉機，全程將耗費超過七個小時。整個過程費時費力不說，錯過南京與臺北的無縫對接，無法親身感受意義非凡的兩岸直航，才是最讓人遺憾的。

　　在一些人看來，既然沒有「大陸居民往來臺灣通行證」，依舊可以輾轉前往臺灣，那麼這張證的意義便沒有那麼重要。不過對於老陳來說，還是很難接受前往臺灣的第一步便遭遇如此重挫。去海峽對岸走走看看的願望醞釀已久，很小的時候老陳便對日月潭、阿里山心懷憧憬。如今的臺灣之行在起步階段便與完美失之交臂，著實遺憾。

　　老陳小時候在南京市的一座頗有歷史積澱的小縣城上長大。作為南京城的北部門戶，這座名叫六合的小城在古時候歷來是兵家必爭的軍事重地，也是確保南京城順利抵禦外部侵略的重要關口，所以民間一直有「鐵打的六合，紙糊的南京」的傳說。小城裡曾經出過一位叫做章仕金的愛國華僑，他小時候在六合農村長大，20世紀四十年代末去了臺灣，經過打拼後在那裡成就了事業的巔峰，之後逐漸把自己的商業王國從臺灣拓展到了東南亞各地，晚年多次以臺商的身份回到六合，支持家鄉的各項基礎建設。所以很小的時候老陳（不，當時還是小陳）就對這位家鄉走出去的臺商頗為尊敬。小孩子是很容易「愛屋及烏」的，因而老陳那時候也對臺灣這片土地充滿了一種難以名狀的好奇和嚮往。

　　上高中那年，老陳離開了小縣城，考進了市區的南京外國語學校，並在那裡開始了一段全新的人生旅程。外國語學校的生源一直很好，軟硬體資源在國內也都堪稱頂尖水準，自由寬鬆的氛

圍為學生的個性發展提供了平臺。因為自主學習的氛圍比較濃，升學的壓力也不大，所以在市區上高中的三年，老陳有了更多機會探尋和解讀這座人文底蘊濃厚的六朝古都。

雖然在歷史上多次擔當首都的重任，但南京始終未能擺脫「短命王朝」的弔詭命運。在這裡建都的朝代大多在迎來盛世之前便遭遇不測，改朝換代之後也只能化作傳說中的那一縷浮雲，煙消雲散後只在歷史的教科書中留下輕描淡寫的一筆。

1912年，國民政府定都南京後，這座悲情的城市依然難逃「短命王朝」的歷史邏輯，在歷經了幾十年的風雨飄搖和戰火紛飛之後，南京最終迎來了自己政治角色的休止符，於1949的秋天淪為共和國誕生的註解。

正因為這段歷史的緣故，南京是一座民國元素非常顯著的城市。20世紀前半段的滄桑往事在這裡留下了不少記憶的載體，在歷史年輪的見證下日漸深邃。位於北京東路上的南京市委市政府大院，便是由國民政府時期的考試院改建而成；而今天的江蘇省省級機關招待所，當年其實是美國駐華大使館的所在地。

如此這般的民國記憶在南京比比皆是，所以前些年有政協委員曾經提議，由政府牽頭，系統地開發南京的民國旅遊資源，打造具有南京本土特色的人文旅遊路線。不知道是不是當地決策者擔心如此舉動會有「喧賓奪主」的嫌疑，該項提議後來也沒有被廣泛接納。

在這些民國建築中，國民黨主政時期設在南京的總統官邸無疑是最具影響力的一個。不過今天的南京總統府早已失去了當年作為決策核心的作用，而成為了南京旅遊的一個標誌性景點。總統府不遠處便是中共代表團梅園新村紀念館，國共兩黨舉行停戰談判時，中共元老周恩來、鄧穎超、董必武等均曾把梅園新村當做駐地。

　　也正是因為兩者的歷史背景不同，當權者為相隔百米的總統府景區與梅園新村紀念館賦予了完全不同的政治角色和教育意義。梅園新村作為愛國主義教育基地，對於未成年人是免門票的。在今天的大陸，與執政黨光輝歷史有關的紅色旅遊景點大多免費對公眾開放，並承載著愛國主義教育的重要作用。相反地，與民國歷史相關的景點則要低調了許多，經費來源遠比不上「紅色經典」，裝修和維護的水準自然也難以相提並論。

　　出於個人對民國歷史的興趣，老陳曾參觀過位於重慶南山的蔣介石故居，以及位於武漢武昌的辛亥革命武昌起義紀念館。參觀辛亥革命紀念館時，景區講解員強調道這裡是大陸唯一一個與國民黨有關卻免費向公眾開放的景點。這有些尷尬的現實，一方面是中國一句老話「成王敗寇」的真實寫照，另一方面也不得不讓人感嘆「三十年河東，三十年河西」的歷史無常。

　　前些年，南京市在總統府景區的不遠處重金打造了一個「1912時尚街區」，內有17幢古樸精巧的民國風格建築以及「共和」、「博愛」、「新世紀」、「太平洋」等4個街心廣場。作為南京夜店群的前沿陣地，每當夜幕降臨的時候，南京1912便迎來了它最狂野興奮的時刻。迷離的燈光，曼妙的舞姿，還有那激盪的青春，一起交織在「昔日總統府邸，今朝城市客廳」的夢幻中。而那段漸漸遠去的歷史，似乎也要沉澱在這觥籌交錯的夜幕裡。

　　連戰2005年大陸之行的首站便是南京，而他在拜謁中山陵之後的題詞也引發了外界的諸多想像。連先生題了「中山美陵」四個字。在他的題詞中，「美」字少了一橫，「陵」字也缺了一撇，更為有趣的是，落款的署名「連战」是繁體和簡體的混搭，而且「战」字右上角並未寫上那一點，日期的書寫更是採用了大

陸使用的公元紀年「二〇〇五」，而非臺灣使用的民國紀年。透過央視的直播鏡頭，大陸觀眾在第一時間見識了這幅有些詭異的題詞。對於題詞中幾個有悖常規的細節，專家和民眾們後來也是眾說紛紜，觀點不一。比較形成共識的是那個少了一橫的「美」字，通常解讀為「美中不足」，少了個「一」，也就意味著尚未實現「統一」的兩岸還處於「美中不足」的狀態。

　　事實上，臺灣政治人物的大陸之行中基本上都會有拜謁中山陵這個環節。連戰之行因為有了更多里程碑式的意義而被譽為「破冰之旅」，他在訪問北京之前先來南京告奠國父的行程也被總結為「連戰路線」。

　　所以對於錯過南京直飛臺北的機會，老陳深感遺憾，畢竟對於一個在南京長大的年輕人來說，直航的意義是非比尋常的。本來只需要兩個小時的飛行時間，現在由於要在澳門轉機，整段行程將歷時七個多小時，午夜時分方可降落在桃園機場。面對國臺辦沒有一絲餘地的拒絕，作為獨立申請人的老陳深切體會到，個體的力量在政治敏感性的分歧面前是多麼的不堪一擊。

　　國臺辦的官員強調，「臺灣是中華人民共和國的一部分，大陸並不承認它的外交，所以政大外交系的名稱過於敏感」，老陳的證件申請自然不予批准。這裡有個悖論，按照國臺辦始終堅持的「臺灣是中華人民共和國的一部分」的原則，那麼作為手持大陸護照的中國公民，老陳為什麼還需要辦理這樣的一張「通行證」去「中華人民共和國的一部分」呢？邏輯上似乎有些滑稽。

　　兩岸期盼已久的「三通」早在兩年多以前便已成為現實，到目前為止，大陸近三十個城市的機場有了直飛臺灣的航班。然而兩岸要想實現真正意義上的「無縫對接」，不僅僅需要在「直航」等顯性指標上有所作為，更為關鍵的是，要在政策的制訂和

執行等隱性要素上展現更多的彈性，而大可不必草木皆兵，顧慮重重。

　　在和國臺辦官員歷時一個鐘頭的談話進入尾聲的時候，老陳向對方表示：「我希望自己的這次不太愉快，或者說完全失敗的『通行證』申請經歷，並不是一次毫無意義的妥協，而是可以為國臺辦提供一次業務切磋的契機，同時也希望你們今後在處理赴臺交換的相關問題時秉承『以人為本』的原則，採取更加靈活機動的方式。不過這裡依然要謝謝你們的耐心和協助，也真心希望，今後會有越來越少的大陸申請人遭遇『望證興嘆』的尷尬。」

旅途輾轉　飛向臺北

　　老陳搭乘的是「澳門航空」的班機，於2010年2月20日下午3點45分從南京祿口機場出發，抵達澳門後停留三小時，然後再飛往臺北。

　　在兩岸實現直航以前，香港機場及澳門機場均是連接大陸和臺灣的中轉樞紐。由於澳門機場無論從規模還是重要性的角度出發都難以和香港機場相提並論，國際化的程度也遠比不上後者，所以在兩岸航空運輸中所扮演的中介角色對於澳門機場來說是一個相當關鍵的盈利點。

　　兩岸實現直航之後，短期內對澳門機場的衝擊著實不小。根據《新華澳報》的報導，澳門國際機場的兩岸中轉旅客流量比例，在兩岸實現直航之後已經下降到百分之三十九，亦即流失了三成多的客流量，以前澳門飛往臺灣各大機場的航班「一票難求」的緊俏狀況自然早已不復存在。然而長期來看，陸港澳臺四地的交通愈加便利，會極大地刺激大中華地區的經貿融合，整體的提升也必將在長期惠及到澳門。

　　南京飛澳門的航班雖然是正點登機，卻因為航空管制，在停機坪上排了近一小時的隊才起飛。這個過程倒很像老陳的這趟臺

灣之行，眼看著就要大功告成卻又不得不經歷一段焦灼的等待，幸運的是最後還是按時順利地抵達目的地。

　　轉機的三個小時裡，老陳在澳門機場的一家餐廳解決了晚餐，同時也透過候機廳的大窗遠眺了一下這座「亞洲的拉斯維加斯」。老陳此時身處的澳門機場，由人工填海的方式興建，於1995年正式啟用，結束了澳門不能與世界其他地區直接通航的歷史。在世紀之交的1999年12月，總面積共32.8平方公里的澳門回歸中央人民政府，出身澳門三大家族之一——「何賢家族」——的何厚鏵，當選為澳門特別行政區的首位行政長官。

　　雖然中華人民共和國恢復對澳門行使主權，但是按照「一國兩制」的原則和精神，作為特別行政區的澳門擁有獨立的出入境政策。事實上，中國大陸居民必須在辦理了「港澳通行證」之後才可以前往澳門，往來大陸各城市與澳門間的航班屬於國際航班，大陸居民抵達澳門之後，也必須辦理入境手續以及經過海關檢查後方可以進入澳門。

　　有趣的是，中國駐美大使館網站上的「澳門簽證／進入許可」一欄中表示，「美國、加拿大、葡萄牙等53個國家的人員可免辦簽證進入澳門。非免辦簽證國家的人員可直接赴澳門，並在機場辦理落地簽證。」而臺灣外交部領事事務局網站上所列的「中華民國國民適用以免簽證或落地簽證方式前往國家和地區」中，澳門也赫然在列，持臺灣地區護照可以免簽證停留澳門達30天。

　　所以相比起來，中國大陸居民前往澳門的手續是最不簡便的，其他國家或地區的居民只需憑藉護照便可以直接進入澳門短期停留，無需其他任何手續。大陸居民前往同歸中央人民政府管轄的港澳卻需要辦理「港澳通行證」，這也讓很多人對於「一國

兩制」政策的核心內涵與可操作性產生了不小的疑惑。尤其是當
大陸居民發現，相比於世界上其他任何國家和地區的居民來說，
自己與「澳門同胞」的距離似乎是最為遙遠和曲折的時候，強烈
的困惑和不確定性油然而生。

的確，在今天的中國，人口的遷徙與流動牽涉到了相當多的
政策困惑與實踐窘境。

如果說大陸居民前往港澳兩地依然需要辦理簽註，屬於屈辱
的殖民歷史所衍生的遺留問題，情有可原的話，那麼大陸所施行
的戶籍制度在全球化浪潮日益洶湧，以及城鄉交流日益廣泛的今
天，倒真的愈加讓人費解了。

事實上，實行了半個多世紀的戶籍政策在最近幾年受到了越
來越激烈的質疑，批評者的矛頭主要對準的是遷徙制度不自由所
帶來的負面影響，以及由此引發的各項社會福利的不均衡分布。
舉例來說，家在河南農村的小趙夫婦，過完農曆新年後前往深圳
打工，那麼他們需要辦理「暫住證」方可在深圳短期或長期居
住，否則將會面臨被處罰或者遣返回河南老家的風險。作為外來
務工人員，小趙夫婦沒有深圳本地戶口，因而會在醫療保健和房
產購置等方面遭遇障礙，所需辦理的手續相較本地人而言會更加
複雜，也會支付額外的費用。

更為惱人的是子女上學問題，外來務工人員的子女若想就讀
本地學校，不得不支付高昂的「借讀費」，這對於經濟條件並不
寬裕的外來務工人員的小家庭來說，無疑是可望而不可及的。所
以在中國大陸的很多一二線的大中型城市，「外來務工人員子弟
學校」在這些年如雨後春筍般湧現，成為城市裡一道既溫馨又令
人酸楚的風景線。

　　今年3月，中國大陸的「全國人民代表大會」和「中國人民政治協商會議」開幕之際，大陸的十三家媒體發表共同社論，呼籲政府盡快廢除《戶口登記條例》，加快戶籍制度改革。如此規模的媒體大串聯現象，發生在新聞審查制度尚未寬鬆的中國大陸，實屬罕見。

　　由此可見，民間對於戶籍制度改革的呼聲頗為強烈和緊迫，這或許也會再次強化大陸決策者對於該議題的關注和重視。

　　閒話不多說。在澳門機場稍作停留之後，老陳登上了飛往臺北的航班，這也是當天「澳門航空」最後一班由澳門飛往臺北的航班。登機時，老陳發現，同機旅客大多是臺灣居民，他們齊刷刷的綠色護照，很是統一。這是老陳第一次看到對岸同胞所持的護照，頗感新鮮。在顏色政治頗為泛濫的臺灣，不知道護照的綠色封面是否會引起藍營人士的不快。

　　正思忖著，輪到老陳了，登機口的工作人員仔細翻看了老陳那本紅色的中華人民共和國護照及「入臺證」，確認無誤後撕下了登機牌副聯，放行。

　　彼時已是晚間時分，旅客們大多面色疲憊，而「澳航」空姐們依然身板筆直，微笑著向各位登機的旅客問好。飛機上派發當天的《中國時報》，雖然之前曾為臺灣發行量最大的英文報紙 China Post 撰寫過兩岸關係的時評，老陳卻從未看過紙板的臺灣報紙，所以這份帶著油墨香的《中國時報》在老陳眼裡還是頗為新鮮的。從空姐手中接過《中國時報》，老陳便饒有興致地翻閱起來，卻也未料到自己會在兩個月後與《中國時報》產生交集，並引發一連串風波。

　　報紙上的時政板塊關注的是最近的人事調整，國民黨在中小選舉中遭遇挫敗，馬英九的2012連任計劃面臨挑戰，階段性的調

整勢在必行。老陳至今還清晰地記得頭版頭條的大標題──「馬布局　朱立倫選新北市　江啟臣掌新聞局」。

更為印象深刻的是江啟臣的背景介紹，這位在幾天後成功當選為新聞局長的政治新星是政大外交系畢業的，所以可以算作是老陳的直系學長。那份報紙老陳一直收藏著，A4版的那篇「才子周陽山　翹課葉匡時　宅男是高朗」，關注的是這三位1979年畢業於臺大政治系的同學，而今三人均在馬英九內閣中擔當重任。新聞本身之外更讓老陳感興趣的是順口溜一樣的標題，嚴肅的時政新聞逐漸平民化、大眾化甚至是娛樂化，體現的正是臺灣傳媒領域的多元與包容。

當飛機飛越臺灣海峽上空的時候，老陳也做了一個小小的總結，憑藉回憶列出了政大外交系畢業的知名校友，能想起來的大概有副總統蕭萬長、親民黨主席宋楚瑜、外交部長楊進添、考試院院長關中、前任國安會秘書長蘇起、前任外交部長歐鴻鏈以及曾在上個世紀八十年代擔任嘉義縣長的何嘉榮（何先生曾在老陳的母校美利堅大學攻讀博士學位，也正是這段經歷讓老陳對他的名字記憶深刻）。

寫完這串名字，老陳還蠻沾沾自喜，覺得怎麼說也整理出了不少位，可是後來到了政大，真正坐在外交系的課堂之後才發現，飛機上整理出來的只是一小部分。我在政大選了兩岸關係專家邱坤玄教授的課，按照他的話來說就是：「現在檯面上的很多人都是你們系畢業的！」

誠然，知名校友眾多會讓身在政大外交系的學子頗感欣慰和榮耀，然而這既是動力也是壓力，需要用時間和實踐慢慢體會，學會平衡。前人植樹造林，碩果纍纍，作為後生的我們自然也不敢鬆懈。對於老陳來說，政大在人文社科領域的威望構建了一個

值得珍惜的外部氛圍，然而究竟能不能在新環境裡學有所成並有所作為，還得靠勤奮努力並把握時機。

　　胡思亂想中，飛機平穩降落在了桃園機場。夜幕中的桃園機場忙碌依舊，老陳透過舷窗看到各式信號燈此起彼伏地閃爍著，彷彿跳躍的音符，書寫著這座城市的傳奇以及城市裡的人們的悲歡離合。在這裡，老陳將開始一段新的征程。四個月的時間，不知道會寫下怎樣的經歷，又會留下怎樣的記憶？懷揣著一份忐忑和一份期待，老陳走下飛機，走進臺灣。

那一夜，我在桃園機場

　　下午從南京出發，途徑澳門轉機，老陳抵達臺灣桃園國際機場時已近午夜。「澳門航空」的服務相當溫馨體貼，再加上機上提供的《中國時報》與《聯合報》，澳門與臺北間一個多小時的航程很快便度過了。亦或是第一次訪問臺灣的新鮮和激動，老陳愈加精神抖擻，之前的困倦也消失得無影無蹤。

　　拖著隨身攜帶的登機箱，挎著一個單肩包，老陳隨著下機的人流一同向海關處走去。這短短的幾百米，倒也有新奇的收穫。兩側的廣告牌上不乏2010年上海世博會的宣傳，隆重推介的當然是世博臺灣館。老陳相信，世博期間的上海一定會出現眾多臺灣遊客的身影。

　　這兩年兩岸關係的緩和讓臺灣民眾對於大陸的認同感小幅提升，至少在旅遊等非敏感領域有了更多探索的願望。老陳後來接觸的臺灣同學中，很多都有過訪問大陸的經歷，或是參加學校組織的遊學訪問，或是隨家人前往大陸探親，還有些臺商家庭的子女更是經常前往大陸，與在那裡經商的父母團聚。

　　對於前往大陸旅行的臺灣朋友來說，長三角是免不了要造訪的。事實上，臺灣遊客對於長三角的印象曾有過不小的陰影，上

世紀九十年代初發生的「千島湖事件」，讓不少臺灣人一度對那裡心有餘悸，在華東旅行時也大多會心照不宣地迴避該景點。然而隨著時間的推移，兩岸的執政者更加體貼民眾的根本利益，或者說至少對於民意的走向有了更加切實的關切，行動上也變得更為謹慎和克制。於是十多年前的悲劇逐漸定格在歷史教科書的白紙黑字間，在現實中重演的可能性幾乎為零。

如今，越來越多的臺灣遊客把長三角作為大陸旅行的必經之地。除了在上海的陸家嘴見證中國大陸經濟發展的「高度」和「速度」之外，南京秦淮河畔的中山陵與總統府亦是不可或缺的人文薰陶，還有那淡妝濃抹總相宜的杭州西湖美景，溫婉淡雅的江南情調古鎮，也都是不得錯過的另一番景致。

與上海相鄰的蘇南小城昆山市，總人口六十多萬，然而在那裡工作的臺灣人便有近十萬，被譽為「小臺北」。不少臺商在昆山開拓了自己事業的新陣地，並以那裡為軸心挖掘華東甚至是整個大陸市場的潛力。所以去上海看世博會，對於臺灣遊客來說是頗為親切和愜意的，既可以為世博臺灣館捧場，也有機會領略以上海為中心的長三角風采，甚至可以身臨其境地感受臺商們的在大陸煥發事業第二春的意氣風發。

剛下飛機便看到上海世博會的宣傳，老陳感到很是親切。臺灣正在用更加包容的姿態看待大陸的發展和崛起，世博臺灣館便是雙方良性互動的一個縮影、在臺灣最大的機場看到上海世博會的宣傳廣告，老陳更是確信兩岸文化領域的交流頻繁而積極。

不過想到上海世博會驚人的財政投入，老陳又感到一絲無奈和心寒。除了世博園區場館建設的180億元人民幣直接投入之外，相關的各項間接投入，包括上海市的軌道交通建設，環保設施跟進等配套基礎設施，加起來將達到3000多億元人民幣。

　　對於一個教育投入只占國民生產總值不到百分之四的國家來說，這近4000億元的世博投入比整個中國大陸一個季度的教育投入還要多。在西部農村代課教師被無情清退，邊遠地區義務教育的質量只能勉力維繫的時候，上海世博會的巨額投入自然遭遇了不少質疑的聲音。大陸的一些志士仁人也在思忖著這樣一個問題——上海（或者說上海背後的整個中國）究竟該以怎樣的心態對待世博會這樣的舞臺，是傾其所有地呈現這座城市最光鮮的一面，還是恰到好處地展露它真實的發展歷程和動態的改革風向？

　　上海市長韓正曾在2010年1月表示，「舉辦世博會是今年的頭等大事」。在世博會能否實現盈利尚不得而知的情況下，市長先生這樣的表態，無疑讓對社稷民生更為關注的普通民眾有了一絲不安。誠然，世博盛會有助於提升城市整體形象，但是執政者更應該了解到基層民眾的訴求，分清主從和利害，多做「雪中送炭」的實事和善事，這比「錦上添花」更為重要。

　　值得注意的是，受益於日益提升的公民意識和更加廣泛的信息獲取渠道，今天的大陸民眾對於政府的決策有了更多商榷和質疑的空間，也在逐漸學習用溫和卻有力的方式表達訴求，這也在相當程度上規範了執政者的權力座標，有效減少了濫用職權的現象。

　　沿著桃園機場候機樓的通道，老陳一邊走一邊欣賞著各式宣傳廣告。順利地通過海關檢查，提取行李之後，老陳開始尋找兌換外匯的地方。這裡是一號航站樓，設施比較陳舊，迎客大廳的燈光也不夠亮堂，老陳推著行李車費了一番周折之後，才找到了設在大廳一角的外匯兌換處。工作人員是一位非常熱情的大叔，他一邊清點著錢數，一邊和我聊天。在得知我要在機場過夜之後，大叔特意建議我搭乘接駁車前往二號航站樓度過這漫漫長夜。

　　幫我兌完新臺幣，大叔也正好下班了，所以我們在一號航站樓接駁車站又見面了。等車間隙，我和大叔有了一番交談。老陳之前在美國也接觸過不少臺灣同學，但是我想在美國念本科的臺灣同學通常有著不錯的家庭背景，至少也是中產階級家庭出身，所以他們的想法可能並不代表上一輩普通臺灣民眾的真實想法。大叔去過北京、上海、南京和蘇州，在他眼中，中國大陸正在急遽崛起，而最直觀的便是上海的物價水準，大叔直呼：「上海的消費太貴了！」

　　轉眼便到了二號航站樓的迎客大廳。大叔非常熱情地陪我入廳，考慮到我在機場過夜難免會忍不住小憩片刻，他還特意領著我到有沙發的區域，方才離開。大叔的體貼和熱情不禁讓老陳很感動，也頓時對這座陌生的城市有了好感。

　　坐定之後，老陳去茶水室接了一杯開水，也有機會環顧了一下二號航站樓。相比於年久失修的一號航站樓來說，二號航站樓的內部裝修明顯新式了很多。從一號航站樓到二號，硬體設施一下子提升了若干個檔次，彷彿是由一個時代穿越到了另一個。前者於1979年啟用，後者在2000年才正式開放，所以兩個航站樓事實上是不同時代的產物。一號航站樓見證了臺灣從威權時代走向民主政治，二號則親眼目睹了21世紀之後的臺灣政局複雜、經濟蕭條的悲觀局面。

　　桃園機場有免費的無線網路覆蓋，老陳打開電腦，處理了一下郵件，便迫不及待地登陸Facebook。自去年聖誕從洛杉磯回國之後，老陳便再也沒有機會登陸這個全球最大的社交網站。如今抵達臺灣，老陳終於可以在闊別兩個月之後重返Facebook大家庭，只是忽然發現改版後的Facebook使用起來竟然有點不知所措，好在適應了一番之後又回到正軌。逐條回覆了同學和朋友們

的留言之後，老陳感覺到一種難以名狀的酸楚和無奈，離開了大陸才能使用Facebook的尷尬不知道還會延續多久。

事實上，中國大陸的網路審查制度一直備受爭議，尤其是Facebook、Twitter等擁有龐大用戶群的網站在中國大陸被封鎖之後，不少年輕網民感到異常困惑，他們中的一些人也因而變得偏激和執拗。老陳理解當局的相關職能部門對於一些網站的封鎖，畢竟主流的價值觀有時需要借用這樣的方式實現正面引導。即便是在處處標榜言論自由的美國，宣揚納粹精神等有悖主流價值體系的網站也依然被政府做了相應的處理。在這一點上，老陳非常體諒中國大陸有序引導網路輿情，樹立社會正氣的初衷。

但是不得不指出的是，在今天的中國大陸，網路審查制度已經在某種程度上背離了它的初衷，有時候不幸成為了執政者進行言論協調甚至是言論管制的工具。在過濾掉一些精粕的同時，網路審查機制也把一些有價值卻不受執政者歡迎的信息一並屏蔽掉。

來臺北之前，老陳曾在南京的家中嘗試登陸桃園機場的官方網站，希望查閱相關信息以便之後在機場過夜。弔詭的是，無論如何刷新頁面，老陳始終不能訪問該站點。苦思冥想之後老陳方才恍然大悟，癥結在於桃園機場的網址：www.taoyuanairport.gov.tw。在中國大陸，凡是以「gov.tw」結尾的網址都是無法登陸的，因為這個域名指代的是臺灣政府的網站，而大陸認為「臺灣是中國的一部分，所以並不承認臺灣當局及其政府」。

有了以上經歷之後，老陳構思了一個有趣的實驗。抵達臺灣後，我在瀏覽器的地址欄裡輸入www.gov.cn，敲擊回車鍵，很快便進入了中華人民共和國中央人民政府的網站，之後又順利進入了大陸若干部委的官方網站，終於確認「gov.cn」結尾的網址是可以在臺灣暢通登陸的。

　　來臺北之後我曾去過二二八和平紀念公園。這座位於中正區的公園北起襄陽路，南接凱達格蘭大道，毗鄰總統府、外交部等核心建築，可謂是坐落在整個臺北城的黃金地帶。事實上，每個成長中的政權都或多或少地遭遇過坎坷或走過彎路，而那些寫進歷史的不堪與尷尬，並不會因為一時的迴避而永遠消失。「二二八事件」是臺灣歷史進程中的一個悲壯的頓號。欣慰的是，這裡的人們，不論是政客、學者還是普通民眾，如今都可以坦然地回顧和審視那段歷史，並且嚴肅反省，鄭重道歉。

　　在這一點上，大陸的執政者很有必要跟臺灣同行學習借鑒，採取更加主動和負責地態度對待歷史，真誠反思。畢竟，一個真正對歷史負責的政權，才能贏得民眾的好感，也才能得到外部空間的認可和尊重。在要求日本對二戰侵華歷史道歉的同時，大陸的決策者也應該意識到自己對於歷史的選擇性重視與選擇性忽視。只有一視同仁，才能取信於民。

　　與我一道前往二二八和平紀念公園的臺灣同學不無遺憾地告訴我，雖然「二二八事件」在臺灣民主化的進程中已經得到平反，但是有些歷史資料不幸遺失，所以在還原那一事件時造成了不少困惑，頗為遺憾。老陳想到，對於中國大陸這樣一個有著五千年歷史的文明來說，對於過往的尊重才更能彰顯大氣與風度。如果等到後人為我們整理，數落我們今天的不堪，不得不說是一種尷尬和不便。

　　所以，中國大陸完全沒有必要實行如此嚴厲的網路審查機制，有些看似敏感的信息，實際上只是對於歷史細節的披露與回顧，並無大礙，何必如此緊張呢？

　　扯得有點遠，回到正題。機場那一夜，老陳翻完了一本大陸作家寫的臺灣遊記，在Itouch上看了幾集電視劇《蝸居》。閉目養

神了幾個小時之後，終於見到了政大接機的同學。機場一夜，倒也不覺得太辛苦，畢竟年輕的時候能夠混跡機場、浪跡天涯，也未嘗不是一份幸福。和接機的同學一番寒暄之後，老陳上了車，前往政大。

小校園　大世界
真假融合

　　想到這個標題，是源於抵達國立政治大學的第二天，老陳便參加了國立政治大學春季學期交換學生的新生說明會。會上，老陳認識了來自世界各地的交流生。而政大為老陳安排的學伴——臺北女孩張瑜安，正是這次說明會的主持人之一。這位大方活潑的斯語系大一女生，在老陳適應政大和認識臺北的過程中，提供了不少的幫助，老陳也是頗為感激。

　　這兩年，兩岸高校的學生交流項目日益常態化，涉及的學校也從剛開始的零星幾所擴展到更大的參與面。而如何接待來自對岸的交換學生，對於很多臺灣高校來說也是一個複雜而敏感的議題。

　　為了避免尷尬，政大沒有把來自大陸的交換學生劃歸到負責接待外籍交換生的「國際合作事務處」（簡稱「國合處」），而是由「副校長室」親自掛帥和協調。由於老陳是從美國的高校過來交換，所以依舊是由「國合處」而非「副校長室」負責接待。

政大的外籍學生在本世紀之初還只是不成氣候的三五成群，如今卻已占據了校園人口的十分之一江山，「國合處」的工作量自然逐年遞增。不過熟能生巧，經歷了摸索和嘗試之後，「國合處」如今在外籍生的接待與管理方面也算是得心應手，左右逢源。

除了「國合處」之外，學校裡面還有多個關注國際交流的學生社團，包括歷史最為悠久的「學生大使」（Student Ambassador），以及「國青社」（International Youth）和「國際協會」（International Association）等兩個冉冉升起的新興社團。

得益於「國合處」的有效協調，以及各學生社團的傾情支持，在政大的外籍生一直頗受關照。從機場接機到校園生活的各個瑣碎細節，外籍生們都可以感受到體貼入微的關懷。甚至是配換眼鏡這樣的細微之處，國合處也和臺灣的眼鏡連鎖商店「小林眼鏡」建立了合作關係，為外籍生提供高性價比的服務。

那天的說明會辦得很成功，我的學伴張瑜安和她的搭檔婁雅雯主持地有聲有色。各個生動有趣的環節既把政大的特色展現得淋漓盡致，又在介紹中穿插了對於臺灣的整體解讀，讓交換學生得以透過這樣的平臺熟悉政大，了解臺灣。

其間，「國合處」的處長陳樹衡先生帶著一整包元寶狀的巧克力走進會場。每位交換學生只要清晰地說出中文「恭喜發財」四個字，便可以從陳處長那裡拿到一個元寶，這個小插曲更是把整場說明會推向了高潮。鑑於老陳的母語是中文，這個題目對我而言毫無挑戰性。為了保證公平，主持人瑜安特意建議我說一個帶「虎」字的成語表達新年祝福。接過話筒，老陳說道：「祝陳處長虎年虎虎生威，如虎添翼！也祝各位同學虎年生龍活虎，新年快樂！」於是老陳順利地完成了這個環節，領到那份可愛的巧克力。

作為一名華人，由於原學校所在地的關係被當做海外交換學生，老陳也得以作為本地學生與外籍學生的一個中間地帶，靜觀並且參與他們之間的互動。即便有時候會遭遇身份上的尷尬也無大礙。我把這種尷尬概括為「identity confusion」，因為老陳既不屬於大陸高校赴臺交換生的群組，又不算真正意義上的「外籍生」，當然也肯定不是臺灣本地學生那一類。不過正因為這樣的一種模糊屬性，老陳得以更加機動地與各式身份各種背景的同學打成一片，深入了解彼此。感觸最深的自然是本地學生與外籍學生的微妙互動，老陳也嘗試著在那些個體的獨立的事件中抽象出華人世界與外部空間接觸過程中的共性，這也是在腦海中縈繞了很久的一個課題，只可惜能力有限，總是不能一針見血地切中要害。

對於外籍學生來說，貫穿整個交換生活的是國合處以及三大涉外學生組織打造的各項別具新意的活動。比如說開學沒幾天便是華人傳統節日元宵節，於是外籍學生們便有機會在周五的International Corner上，向臺灣同學了解天燈文化，隨後本地生外籍生一道製作天燈，並且在上面寫下五花八門的願望。老陳想了想，寫下了「臺海無戰事，兩岸同發展」的良好祝願，寫完之後倒是頗有點范仲淹先生「先天下之憂而憂」的滄桑感了。

後來大家提著天燈跑到操場去集體點放。除了個別天燈搖搖晃晃地差點和行政大樓親密接觸，險些釀成臺北濃縮版的「911悲情」之外，整體進展一切順利。有盞天燈上天之後一直重心不穩，搖搖欲墜後終究還是未能抗拒牛頓爺爺的地心引力理論，最終難逃親吻土地爺爺的宿命。其實天燈沒能升上天去，預示的是良好的願望平安落地，也未嘗不是一份現實的幸福。經過老陳這麼一解讀，這盞天燈的主人們重又恢復了興致。

　　除了放天燈之外，政大還為外籍學生組織了學唱華語歌曲、練習中國功夫、嘗試製作湯圓等等一系列的精彩活動。每學期一度的集體出遊，更是讓外籍學生們領略了臺灣的本土風情。這學期大家一起去的是日月潭。這座在臺灣旅遊產業中具有象徵意義的一個景點，其實並沒有老陳想像中壯麗，可能是因為期待過高也就難免失望了吧。

　　日月潭附近的九族文化村倒是很棒，既有原住民的民俗表演，又有迪斯尼式的驚險娛樂，很適合集體嘗試。

　　午夜時分，大家坐在湖邊天馬行空地暢談，八卦著政大的各種鬼故事。那一刻，大家不分國籍地共享著緊張與恐慌，在日月潭水的陪伴下更顯溫情。

　　不過，雖然表面上本籍生與外籍生相處得頗為融洽，其樂融融，但其實也是暗流湧動，危機四伏的。這樣說似乎誇張了一些，不過隨著政大國際學生的比例以幾何級數的速度飆升，由此而來的各式矛盾的確層出不窮。

　　這不得不從華人社會的一種特殊的社會屬性，或者說是文化元素談起。雖然老陳不是主修社會學的，但是一直喜歡觀察各個族群之間的微妙互動，於是注意到的一個很明顯的現象便是，不論是在中國大陸還是臺灣，似乎總有一條約定俗成的「老外優越論」（如果不是「白人優越論」的話）。

　　事實上，中華文化中一直對於洋人飽含敬畏。鴉片戰爭之時，洋人的堅船利炮打開中國口岸城市的大門。從此之後，這個曾經輝煌的民族便與世界的中心漸行漸遠。在洋人面前，這個民族常常會「缺鈣」，手忙腳亂，無所適從，內心深處的自卑全盤呈現。

　　不管他們對待同胞的時候有多苛刻，有多霸道，有多蠻橫，又有多無賴，在洋人面前，華人族群卻傾向於畢恭畢敬，生怕招

待不周或是惹了是非。更深層面地去剖析，華人總是傾向於從外部空間尋覓認同，極其重視自身的外部形象，有時卻忽視內部的統籌與協調。

北京奧運會與上海世博會也未能免俗。這兩個盛會都是非常重要的城市平臺，它們本應展示個體城市的亮點，在中國大陸卻都演變成了舉國歡騰的盛宴，分別成為2008年和2010年的政策重心，著實會讓出席盛宴的各國代表們受寵若驚。外國政要能否出席開幕式，海外名人能否前來觀摩，對於北京和上海來說都是事關「面子問題」的大事，決策者們非常看重。

所以當時任美國總統布希先生如期出現在鳥巢開幕式的時候，評論家們普遍認為這是華盛頓向北京示好的信號。此外，今年的世博會，法國總統薩科奇前往上海，出席開幕式，也讓很多人對於中法關係的徹底復甦寄予了厚望。人們相信，除了向外國友人展示崛起中的中國日益強大的綜合國力之外，這些面向全球的平臺，同時也是中國大陸執政者提升民族自豪感和增強民族凝聚力的絕佳機會，所以決策者們會尤其重視。

事實上，「老外優越論」的存在，或許也可以解釋為什麼在中文詞典中會有「崇洋媚外」這個成語，而在其他語言中卻鮮見與之等同或對應的表述。

相比於大陸來說，臺灣是座很精緻的寶島，只是因為面積有限，這裡的居民很容易感慨「山窮水盡」式的資源瓶頸。在很多島內居民看來，跳出寶島才是迎來「柳暗花明又一村」的唯一路徑，因而對於接觸外部世界的渴望更顯強烈。

來臺灣之後，老陳感觸很深的是，我與臺灣同學對於距離遠近的解讀存在巨大的偏差。雅雯的家在桃園，老陳曾問她多久回家一次，本以為這麼近的距離每周回家一定會是一種常態，誰

知她說：「很遠哎，通勤要一個多小時的！大概兩三周回去一次吧。」另一位住在臺南的同學Shirley上學期更是只回家了一次，因為她覺得南北跨越的距離太遠了。

　　而在老陳看來，高鐵的開通，完全讓臺灣島的南北兩端實現了無縫對接。從臺北到左營，兩個小時左右便可以抵達。即便是速度最慢的客運，大概也就是五個小時便可以從臺北抵達南部的高雄。在大陸的時候，老陳曾坐過近26個小時的火車從南京到瀋陽，也經常搭乘和諧號動車前往上海。滬寧間兩個小時的車程，和臺北到高雄的距離相差無幾，老陳從來沒有覺得絲毫的不便，經常當天往返。早上在家和爸媽共進早餐，之後搭乘動車前往上海，辦理美國簽證的續簽業務，然後還能去田子坊逛逛情調小店，之後和上海的朋友在正大廣場上的意大利餐廳共進晚餐，同賞黃浦江夜景，之後再搭乘晚班動車回到南京，非常方便。

　　世博會開幕之後，上海與南京之間的城際鐵路也隨之通車，滬寧之間真正實現一小時通達，南京也歷史上第一次融進了「上海一小時都市圈」。而這樣的距離，在臺灣同學的地理版圖中，依然是屬於「遙遠」的範疇。老陳很能理解這樣的一種認知差異，並且認為這種差異無所謂對錯，更多的是成長經歷中的外圍環境所造就的。

　　臺灣的面積很小，不到3.6萬平方公里，大約相當於江蘇省面積的三分之一，總人口卻有2300多萬，所以人口密度相當大。除了臺北和高雄之外，島內的大多數城市都屬於中小型規模，因而島內遷移的選擇餘地也很有限。知曉了這樣的地理背景之後，自然可以理解臺灣人對於外部世界的渴望。再加上兩岸之間懸而未決的政治僵局，不論是普通臺灣民眾，還是精英社會的達官貴人，通常都會考慮在寶島之外開闢新的陣地，以期尋覓機會。

　　08年大選期間，馬英九先生的綠卡事件鬧得沸沸揚揚，「泛綠」也藉此質疑馬英九對於臺灣的忠誠度。我想，這位當年從哈佛法學院畢業的青年才俊，走出象牙塔之初，選擇拿一張美國綠卡估計也是一個深思熟慮之後的選擇吧。只是多年之後一躍成為了總統候選人，這張尚未被馬先生親口確認的綠卡反倒成了一個燙手的山芋。

　　在臺灣，尤其可以感受到，外籍人士常常享有各種優待，因而本地人的不滿和憤懣自然也是可以理解的。

　　校園本身就是一個小社會，也是外部世界的一個縮影。如果仔細尋找的話，自然不難在學校裡發現「老外優越論」的蛛絲馬跡。

　　在政大，山上校區的籃球場很快將會被拆除，一座國際學生公寓將在那裡落成。作為山上唯一的體育休閒場地，籃球場的拆除計劃甫一出爐，便一石激起千層浪，本籍生的反應相當強烈。畢竟把這樣一片娛樂寶地拱手相讓，讓「洋人們」住上條件更好的公寓，於情於理似乎都有些難以接受。

　　事實上，光是住宿這一塊，外籍生們便已經有了諸多優待。除了即將要建設的這座國際學生公寓之外，外籍生的校內住宿權是有保證的，而本籍生則經常需要通過抽籤抓鬮的方式決定能否在校內住宿。另外，住在學生宿舍的本籍生通常每學期都需要進行志工服務，清理窗臺或是打掃走廊等等，外籍學生倒是從來不需要進行類似的服務。作為一名「偽外籍生」，雖然老陳也享受到了這些優待，但心裡總有些彆扭的感覺。

　　某天深夜，老陳和「組織行為」課上的同學林昇豐一同準備第二天的報告。深更半夜，思緒凌亂，報告的思路遲遲找不到頭緒，兩個人倒是天馬行空地閒扯起來，「嘴炮」打的也是頗爽。談到外籍生的待遇，昇豐告訴老陳，來臺灣攻讀學位的外籍學

生，很多都拿到了教育部頒發的「臺灣獎學金」，每個月兩三萬新臺幣的補助，保證了一個相當優質的生活水準。而本籍生如果在學校附近的餐館打工的話，每小時收入的上限僅為100元新臺幣。巨大的反差讓本地學生對政府的做法充滿了質疑。按照昇豐的說法，如果這些所謂的「臺灣獎學金」可以投入到本土高等教育資源的建設上的話，那麼對於臺灣學生來說會更加實惠，也是對本土納稅人的一種負責。

在老陳看來，臺灣一直嘗試著在夾縫中尋找突破，提升自己的國際空間，設立「臺灣獎學金」的做法應該就是一項具體的措施吧。同樣的情況其實在中國大陸也是屢見不鮮的。大陸的不少高校都有國際學生公寓，硬體設施與軟體管理均比普通宿舍先進不少。

只是，這樣的一種安排，真的會讓外籍學生感到溫馨嗎？事實上，很多外籍學生來到大陸或者臺灣交換，是希望利用這裡的語言環境迅速提升中文水平的。所以學校看似善意的安排，反倒是吃力不討好，與外籍生們的本意背道而馳，人為地惡化了他們的語言學習環境。

說到語言學習，老陳認為華人在語言方面的妥協太多了。雖然中文是世界上使用人口最多的語言，但它似乎從來沒有體現過絲毫的強勢地位。在絕大多數場合，只要對話的成員中有母語非中文的人士，我們總是被期待用英語溝通。即便是在場的人員中，母語為中文的人士遠多於外籍人士，而且這些外籍人士會說中文，英語仍然會成為對話的主要工具。一直以來，這樣的現象早已司空見慣，而且已經演變成了一項不成文的規律，大家心照不宣地恪守著，很少有人提出過一點點的質疑，更不要說嘗試著去扭轉這樣的一種語言不平衡狀態。

　　老陳的房間裡住了四位同學，另外三位室友分別是瑞典人、日本人和韓國人，可以說是一間非常國際化的宿舍。我們的對話一直是中英文交替進行。學期後半段瑞典同學何飛的漢語進步很快，於是中文便成了房間裡的主流語言。四位背景迥異的室友相處融洽，最後分離的時候也是喝了不少瓶臺灣啤酒。尤其是韓國室友張元，咕嚕咕嚕X瓶啤酒便下肚了，很有陣勢。

　　開學伊始，老陳曾把陸川先生導演的電影《南京！南京！》的精裝VCD光碟作為見面禮送給來自大阪的室友Mamo。對方很是高興，表示想看這部電影很久了。作為南京人，老陳也和Mamo就七十多年前發生在那座城市的悲劇進行了深入的探討。

　　就像之前在華府和多位日本同學交換意見的結果一樣，老陳發現，普通日本人，尤其是年輕一代，完全承認南京大屠殺的真實性，也對這場悲劇深感遺憾，有些同學甚至向老陳表示過愧疚的心態。看來年輕一代還是擁有獨立思考的能力，也能夠客觀公正地面對歷史的。

　　從南京走來，在臺北與大阪的同學理性探討歷史，背後卻是這三座城市彼此間的藕斷絲連般的膠合，倒頗有點歷史的大氣磅礴感。其實，用一種更加包容和寬廣的心態審視歷史，以史為鑒的同時又面向未來，或許才是年輕一代應該採納的價值取向，這也是國際視野的真正內涵。畢竟，年輕人的「國際化」，不是靠多買幾個LV或者COACH的包包就可以包裝出來的，它需要的是一種更深層次的沉澱和積累。

　　如今，不可阻擋的全球化趨勢讓全世界各個角落的年輕人得以相互連接，填補理念差異的溝壑。政大和臺北作為小縮影，在見證了「世界逐漸變小，溝通更加通暢」的全球化趨勢的同時，也不可避免地遭遇著困惑和不安。

　　對於華人社群來說，在日益高漲的全球化浪潮下，堅守自己
的原則和底線才是至關重要的。雖然極端民族主義的狹隘很不可
取，但是也不必對外籍人士過分諂媚。畢竟不卑不亢、有禮有節
永遠比畢恭畢敬、唯命是從更容易被尊重。

平溪天燈會　握手馬英九

　　2010年的2月28日是農曆的正月十五，一年一度的元宵佳節正是這一天。因為剛巧是周日的緣故，全臺各地的元宵燈會都熱鬧非凡。作為臺灣元宵節三大燈會之一，臺北縣平溪鄉的平溪燈會自然人潮洶湧。來自各地的遊客在這裡點亮天燈，放飛夢想。

　　傍晚時分，老陳和同伴從政大附近的動物園車站出發，搭乘平溪燈會的接駁公車前往目的地。剛到動物園站，頓時有點傻眼的感覺，只見排隊等車的隊伍蜿蜒百米。工作人員見我們幾位是年輕力壯的青年學生，過來詢問我們是否願意使用站位。為了節省時間，提高效率，我們接受了這個建議，穿過長長的隊伍，走上公車，站穩扶好，開始了這段難忘的平溪之旅。

　　本以為一個小時就可以抵達，不過因為交通堵塞的緣故，我們足足在崎嶇的山路上顛簸了兩個多小時才到平溪。一路上總感覺快要到了，視野中也已經可以捕捉到若隱若現的天燈了，可那些天燈總是觸手可及卻又遙不可及，真讓人望眼欲穿。最終到達目的地的時候大家真是頭暈目眩，有點恍惚呢，也終於理解了為什麼站位只留給青壯年人士。

　　下車後大家倒是一掃疲倦，精神抖擻地到處拍照，觀察各式各樣的天燈以及他們升空後的不同遭遇。不過因為遊客過多，每前進一步都很困難，大家像三明治裡的餡一樣被擠來擠去，基本上只能順著人潮被動地向前或者向後移動，主觀意識已經完全無法調度雙腳移動的方向了。這樣的場合倒是很適合體形超標者的瘦身計劃，因為不管你願不願意，終究會被擠苗條的。再加上擁擠導致的悶熱，很容易出汗，想不瘦下來都困難。

　　我們一行本是十多位同伴，後來大家在人潮中逐漸走散，只剩下我和香港的俊龍、瑞士的Bruno以及臺灣的Shirley組成了一個衝鋒小分隊，向著主會場進發。一路上人聲鼎沸，擁擠不堪，我們四人只好手牽著手，相互提攜，防止走散。

　　此情此景，不由得讓老陳想起09年新年在紐約時代廣場和幾萬人一同跨年的盛況。那個夜晚很冷，不過因為極端擁擠的緣故，大家互相取暖，相互關照，也堅持了數個小時。最後所有人一同倒數計時，見證大蘋果的落地，迎接2009年新年的到來。那份感動和溫馨，老陳至今記憶猶新。

　　在美國的時候，這樣擁擠的場面老陳只經歷過兩次。除了時代廣場的跨年，另外一次便是2009年1月20號奧巴馬先生的總統就職大典。當時，老陳與美利堅大學的多位同學，在舉行儀式的前一天晚上便搭地鐵前往典禮所在地附近，然後一路步行，走走停停，不斷地規劃和調整路線，最終親眼見證了美國歷史上首位黑人總統走向權力中心的過程。

　　雖然之前奧巴馬先生曾在黨內大佬Ted Kennedy的陪同下來美利堅大學做過競選演講，但是老陳覺得，現場聆聽總統就職演說的感受是完全不同於參加競選宣傳的。畢竟前者是一個人向一個國家所許下的誓言，要用四年的時間和實踐去履行的承諾，並接

受本國所有公民的檢驗和質詢；而後者只是個體挑戰自身政治生涯新高度的一次嘗試，是拓展政治生命寬度的一次突破，口號很多，技巧很多，缺少的恰恰是那份務實。對比下來，老陳所親歷的奧巴馬先生的兩次演講中，不論是高度、視野還是莊重程度，就職典禮都要更勝一籌，兩者的重要性也不可同日而語。

就職大典那一天，老陳在寒風中苦等了十多個小時，只為一睹總統先生的英姿。等到典禮結束之後，老陳早已精疲力竭，不得不再次隨著人流擁向捷運站，搭車回學校。不過老陳返回學校後花了兩天才緩過神來，一個星期之後才完全恢復了元氣。

典禮之後，老陳便打算盡量不再參加這樣人山人海的大型集會活動，熬夜再加上擁擠，很傷身體，現場的安全係數也不高，完全沒必要「逢熱鬧必湊」。前段時間紐約時代廣場，也就是每年舉行新年倒計時的地方，發生生了恐怖分子主導的炸彈事件，再次讓老陳對於人流密集區域的安全性產生顧慮。

不過世事難料，雖然一再告誡自己不要再去湊這樣的熱鬧，但是事與願違，這回老陳又在臺北縣平溪鄉遭遇人潮，夾在人流中動彈不得，只能偶爾把相機舉過頭頂胡亂拍上幾張照片。

現場不時有天燈不幸墜落，有些竟然差點與高壓電線親密接觸，甚是危險。無奈的老陳只好在心中默念，祈禱著一切正常，別發生什麼意外，破壞了如此喜慶的節日氣氛。維持秩序的警察總是眼疾手快，每有天燈即將墜落到人群中之際，他們總能以迅雷不及掩耳之勢，搶先奪下天燈，避免傷到遊客。

這麼多人趕在元宵佳節這一天來到平溪，進行施放天燈的儀式，不得不說是對傳統文化的一份尊重。只不過這樣的尊重從另外一個角度折射出了臺灣文化資源的局限性，如果全臺各地都可以有類似於平溪的天燈會場所，那麼民眾們自然也不必舟車勞

頓，從北部的各個角落趕來平溪，黑壓壓一大片地尋覓著自己的新年幸福。

老陳順著人流向前挪動，有幾次差點被擠到道路之外。好容易挪到了會場外沿，又難免一番狂擠，好在我們四人衝鋒小分隊一直攜手共進，不離不棄，總算是到了可以看到大屏幕的地方。

其實之前老陳並不知道馬英九先生會出席天燈會，看了大屏幕上主持人的介紹方才得知這一訊息，便尋思著如何才能更近距離地一睹馬先生英姿。

老陳本不抱希望，漫不經心地見縫插針，碰碰運氣。不過試著向前走了幾步之後，忽然間就豁然開朗了，只見前方一片開闊地帶，走過去便是主會場的核心地帶。老陳加快腳步，走到媒體記者的區域，和各位新聞界的朋友一道觀看。

雖然是施放天燈這樣的人文盛宴，但政治的元素依然少不了。臺北縣長周錫瑋陪同馬英九出席了這一活動。五都選舉臨近，周錫瑋先生是否會參選新北市市長一直頗受關注，他在發言中說道：「前人栽樹，後人乘涼，我們做前人就好」。這一表態也再度向外界確認了他放棄參選，「不入府，不入閣」的意向。雖然這有可能只是一句輕描淡寫的政治作秀，但是言語本身所流露出的真情，倒是頗值得政客們仔細咀嚼。

不過政客終究是政客，真正甘心只做「前人」的，大概也只是鳳毛麟角吧。有些政客不願意承認自己的政治抱負，總覺得有些嘩眾取寵或是太過張揚。其實，如果可以把個人的抱負與國家、民族的未來協調好，使兩者保持一致，就沒有必要瞻前顧後，太多顧慮。只有那些把自身利益凌駕於人民利益之上的政客，才會畏手畏腳，遮遮掩掩。

　　整場活動的高潮是在一個巨型天燈上寫下祝願。三位主筆分別是馬英九先生、周錫瑋先生，以及辜振甫的遺孀辜嚴倬雲女士，從人員安排上便可以清晰地捕捉到抹不去的政治色彩。

　　馬英九先生題完詞之後，在隨扈的陪同下離開專門搭建的施放臺。在他經過媒體拍攝區域的時候，老陳向其揮手並自我介紹道：「大陸交換學生，支持兩岸和解」。馬先生應該是聽到了老陳的聲音，隨即轉過身來，握住了老陳伸過去的右手，並微笑著點頭示意。

　　其實在觀摩三位前輩題詞的時候，老陳就在思索，稍後馬先生經過時如何爭取與他對話的機會，或者說採用怎樣的表述是大家都可以接受、不會引發爭議和誤解的，同時也與施放天燈的喜慶氣氛相吻合的。「支持兩岸和解」這個表述，老陳後來也在其他場合多次使用，因為這是兩岸均可以相對認同的一個概念，並不涉及到主權等敏感之爭，同時也強調了運用和平手段的優先性。雖然「支持兩岸和解」並沒有具體的內涵支撐，略顯空泛，但它畢竟表達了青年學生的良好祝願，同時又是一個很難找出瑕疵或漏洞的，近乎無懈可擊的表述，所以非常適合用作綱領性的概括。馬先生想必也不反對老陳這樣的一個表述，從他微笑著回應便可以揣度出來。

　　老陳與馬英九先生的相遇後來在大陸交換學生中引起了不小的關注，尤其是讓不少迷戀馬先生俊美面龐和儒雅風度的女同學們很是羨慕。其實老陳小時候也是特別欣賞和追崇政治人物的，這個愛好甚至一直延續到了上大學之後。記憶猶新的是國中二年級那年，老陳見到時任南京市委書記的李源潮先生（現為中共中央組織部部長，很可能會在兩年之後的中共高層換屆中大有作為），前一天夜裡因為太過興奮甚至沒睡踏實。高二那年，時任

外交部長李肇星訪問老陳的母校──南京外國語學校，老陳又是
一陣激動，只是會場上拼命舉手也沒得到提問機會，稍顯遺憾。

　　後來在DC生活了三年，老陳像是劉姥姥進了大觀園，打包
式地見到了眾多政客，親身聆聽過日本前首相安倍晉三、澳大利
亞前總理霍華德、美國總統奧巴馬、眾議院領袖佩洛西等人的
演講，也參加過中國駐美大使館組織的歡迎胡錦濤主席訪美的活
動，所以如今老陳對於政客們的熱情也逐漸褪回到了一個理性溫
和的水平線，再也不盲目追捧。

　　此次見到馬先生，老陳跟他握手並自我介紹，也並沒有太多
的激動，甚至是遺憾居多──畢竟馬先生沒有來得及正面回應我
的自我介紹，所以這只是一次單向的「呼喚」，而未形成雙向的
「對話」或是「問答」。

　　不過話說回來，在臺灣見到政治人物的機率的確要比在中國
大陸高很多。除了因為臺灣本身的面積大小及人口總量與大陸不
在一個數量級，增加了巧遇政客的機率之外，民選政治的機制也
驅使政客們與民眾有更多的互動。比如夜市的小販常常會有和總
統先生的合影。一些大型的文化活動上，總統也會出席並致辭。
甚至連師大附近的當紅夜店「Roxy99」裡，也有馬英九先生和夫
人周美青前些年在這裡留下的題字紀念，當時的馬英九還只是臺
北市長。不過一市之長攜夫人蒞臨夜店，這樣的情景在大陸還是
很難想像的。某個周六的晚上，老陳和幾個同學在「Roxy99」小
聚放鬆，猛一擡頭驚現馬先生與夫人「酷酷嫂」的笑臉照片，倒
真有點哭笑不得，不知道當時馬先生與夫人是否開懷暢飲然後熱
舞臺北了呢？

　　政客們親近民眾，展現了他們的體貼，也便於他們更加深刻
地了解社會生態和基層需求。不過太多的精力投入在類似的行程

上，走馬觀花似地與民眾握手拍照，就稍顯功利了一些，畢竟關注社稷民生更需要的是宏觀把握而不是鏡頭前的親民秀。這一點上，還得一分為二地看。民主機制在帶來公平的同時，也不可避免地犧牲了一些效率。比如像北京奧運會和上海世博會這樣的大型工程，大陸可以動用舉國之力，在很短的時間內完成基礎設施的建設，很多馬路都是在一夜之間煥然一新，這在臺灣是不可想像的。臺北車站的補習街附近，有不少老式的樓房，政府打算把它們拆了再重新規劃，卻苦於居民的反對，無法動工。再對比一下大陸常常因為強制拆遷引發的暴力反抗，老陳還是更加傾向於一個犧牲了一點效率，但是尊重個體生命與財產，聆聽民眾聲音的民主制度。即便民主不是萬能的，也不是完美的，但它絕對是現階段人們可以發現並且實施的政治制度中，缺陷最少的一個。

世新大學堂　提問成思危

　　從平溪燈會現場回動物園的旅程又是苦不堪言，排隊等接駁車花了將近兩小時，上車後又是站了兩個鐘頭，好不容易到了動物園車站再搭計程車回到政大宿舍，看看時間已是將近凌晨一點了。洗完澡之後，老陳剛準備和周公相會，手機上收到世新大學交換生王勛的簡訊，告訴老陳第二天下午3點，在世新大學管理學院大樓，大陸前全國人大常委會副委員長成思危先生將會發表演說。比照了一下周一那天的日程計劃，老陳做了些許調整，決定騰出下午的時間去聽成先生的演講。

　　第二天下午，老陳直奔世新大學。

　　只見世新管理學院大樓外觀設計很是典雅，內部裝修大氣莊重，看起來應該是整個校園裡最為豪華的一棟建築。類似地，政大的商學院大樓也是校園裡裝修最好的一棟教學樓，同樣的現象也適用於老陳在美國的母校——美利堅大學。

　　的確，在這樣一個金錢占據主導地位的世界，商學院、管理學院擁有學校裡最為豪華的大樓早就不足為奇了。與之相對應的一個不可否認的現實便是，哲學、政治、國際關係等人文社會學科的受歡迎程度卻江河日下，甚至岌岌可危。這絕對不是虛張聲

勢的危言聳聽。在一些學校，個別文科教授的收入甚至不足以養家糊口，更不要說維持一個體面的、知識份子應該享有的正常生活水準。

這樣的現狀著實讓人失望。好在依然有人堅守理想的高地而不願意妥協，飽覽群書，筆耕不輟，在人文社科的舞臺開闢思想的新陣地，找尋認知的新高度。我想，這樣一群人，是值得敬佩的社會脊樑。

進了管理學院大樓，老陳費了一番周折才找到演講的報告廳。成思危先生的演講雖然是公開性質，但由於前期宣傳比較低調，所以前來參與的聽眾並不算多，主要就是學校方面的負責人、相關學科的教授以及來自中國大陸的交換學生了。說實話，之前老陳對成先生並沒有太多的好感，甚至曾一度把他定位成建樹不多的「紅頂經濟學家」。不過他的演講倒是讓老陳有了耳目一新的體驗，很大程度上顛覆了我之前對他不算太積極的印象。不知道是不是因為已經卸任官職沒有顧慮的原因，成先生演講內容的深度和開明程度，以及回答提問時候的坦誠，都大大出乎了老陳的預料。

會場內的總體氛圍雖然輕鬆，但是也不乏發人深思的議題被討論，比如世新校長賴鼎銘先生關於中國大陸民主化進程擱置的提問就讓氣氛陡然凝重了一會。好在成思危先生絲毫沒有逃避提問，而是坦誠面對現實，並且提出建設性的解決方案。提問環節的後半段，老陳拋出了一個略顯沉重的話題，是關於中國大陸的民主黨派制度。

成思危先生曾長期擔任「中國民主建國會」的主席，所以老陳的問題也就由此引發：「成主席您好，非常感謝您精彩的演講。我是來自國立政治大學的陳爾東。剛才您提到，您曾在民建

中央擔任負責人長達十一年，而我們知道中國民主建國會是大陸所承認的八個民主黨派之一。那麼目前中國大陸還是一黨執政的局面，所以可能會有一些人對於民主黨派所扮演的角色有所疑惑，包括民主黨派怎樣在一個可控的範圍之內，發揮合理而適當作用。所以我想請教您的是，您覺得民主黨派在今天的中國大陸，對執政黨的監督作用是否有效，或者說會不會存在民主黨派與執政黨合作有餘而監督不足的狀況？」

成先生停頓了片刻，然後由中國民主黨派的歷史開始闡述：「國共內戰之後，政治協商會議產生了11個民主黨派，8個黨派跟著共產黨留在了大陸，3個跟著國民黨去了臺灣。而8個留在大陸的民主黨派都是在1949年之前就已經成立了。中國共產黨領導的多黨合作制度和政治協商制度是有中國特色的社會主義政黨制度」。

關於「中國特色」，成先生特意解釋道：「中國的民主黨派既不是在野黨，也不是反對黨，而是參政黨」。雖然高中階段很喜歡上政治課，不過對於民主黨派的「參政」性質，老陳之前並不清楚，經過成先生這麼一點撥，倒真的豁然開朗了，再次對「中國特色」這個短語和它的發明者肅然起敬。

看來，「中國特色」用它的獨特性、靈活性、機動性和模糊性驗證了相當多的正當性，也造就了很多具有「中國特色」的傳奇和神話，堪稱是一個頗具「中國特色」的四字短語。

具體到自己曾擔任主席長達十一年的「中國民主建國會」，成思危強調：「民建主要關注的是經濟建設，共有11萬黨員，或者說是會員。最多的時候有7個副省長，5個副部長出自民建。中共開全會之前，以及每5年一次的選舉，都會向民主黨派徵求意見。中國的國情下，現在的情況下只能這樣。美國的制度類似於橄欖球，必須把對方壓倒，有時候可能為了反對而反對。而中國

是大合唱，中國共產黨是指揮。在內部開會的時候，我提的意見常常非常尖銳，尤其是反腐敗相關的。然而公開場合，有些內容卻不方便講，要注意說話的場合和藝術」。

　　說到動情處，成思危情不自禁地吟起了詩：「慷慨陳辭豈能皆如人意，鞠躬盡瘁但求無愧我心。我擔任民建主席11年，所提的建議，被接納的很多。事實上，完全不聽幕僚建議的領導，是獨裁的領導；然而完全聽從幕僚建議的領導，是無能的領導。中國的知識分子要有氣節，林則徐曾說過『苟利國家生死以，豈因禍福避趨之』。現在很多人還不是很理解中國的民主黨派，然而隨著時間的推移，會慢慢了解。同時，中國民主黨派也要提高自身的素質和水平，提出的建議要合理可行，有理有據」。

　　看得出來，成先生對老陳的問題蠻重視，他在整個提問環節中回應最詳細的便是這個問題了。成先生的態度很真誠，回答的內容也很實在。

　　之後談到中國大陸的網路審查制度，尤其是Facebook等網站在中國大陸被屏蔽的事實時，成先生直截了當地表明了自己的態度：「說實話，網路的東西，擋也擋不住」。話裡話外流露出一份「天要下雨，娘要嫁人。大勢所趨，不必焦慮」的理性和淡定。說實話，老陳非常贊同成先生關於網路審查制度的論述，畢竟一刀切式的封鎖並不是長久之計，再堅固的「防火長城」（「Great Firewall」）也無法阻隔人們追逐信息自由的渴望。

　　成先生以前是位化工領域的知名學者，後來在加州大學洛杉磯分校攻讀管理學，回國後從事中國經濟發展的宏觀調研工作，也逐漸走近了大陸經濟政策的決策圈，成為中國經濟發展的掌門人之一。如果說學者從政在中國大陸才剛剛起步的話，成思危的完美轉型便是一個值得效仿和借鑒的典型。

　　事實上，在經歷了第三代領導集體清一色的「技術官僚」背景之後，中南海的決策層也開始呈現出更多的人文社科元素。年輕一代的領導人中，李克強擁有法學學士和經濟學博士學位，王岐山曾是中國社會科學院近代史研究所民國史室的一名青年學者，薄熙來之前也在北京大學歷史系世界史專業念過本科。李源潮雖是數學專業出身，但是後來在哈佛大學的肯尼迪政府學院進修過，也是公認的支持民主改革的自由派。

　　如果說在中國大陸改革開放的初始階段，踏實的理工科背景的領導人更能為中國經濟大船的遠征保駕護航的話，那麼在中國經濟和社會結構轉型的關鍵時期，人文社科背景的領導人可能對於社會公平與正義更加關注，協調起來也更得心應手。不管是中國的民主化道路還是法治化征程，都不可避免地需要依靠相關學科背景的官員，方可更加專業地構建良性互動的社會平臺。

　　就像社會學院的大樓通常遠沒有商學院的大樓豪華和氣派一樣，人文社科相關學科的弱勢地位也很難在一夜之間被扭轉。所以對於老陳而言，選擇去美國念國際關係是一個讓很多人費解的決定。

　　坦白地說，對於每一個投身進國際關係或者政治學的年輕人來說，都希望有朝一日可以讓自己所學的理論知識在實踐層面擁有用武之地。然而過早地離開中國大陸，脫離那片擁有「中國特色」的獨特土壤，老陳回國從事政治實踐的願望實現起來將會異常艱難。大陸的公務員體系相對封閉，外部滲透的比例還不算高，學者從政和商人從政的趨勢雖然在這些年見漲，有了些星星之火的苗頭，但是依然無法形成一種制度上的常態。

　　因而對於在海外攻讀國際關係學位的大陸學生來說，基本上很難在學術研究之外開闢職業發展的新天地。除非是回到大陸後

再重新融入體制內，按部就班地尋求突破，只是這樣做意味著相當高的機會成本，而且成功率也不一定樂觀。所以有時候在美國遇到類似專業的臺灣同學，老陳會羨慕他們今後有機會回去擔任決策者的幕僚，甚至是直接參加選舉，擁有更加自由和廣闊的發聲平臺。如今大陸的省部級官員中擁有海外學位的還只是鳳毛麟角，不知道當我們這一代成長為這個國家中流砥柱的時候，情況是否會有所改觀，會不會更多一些宏觀制度的保障和個體選擇的餘地呢？

雖然總是被同齡人甚至是比自己大幾歲的學長姐稱作「老陳」，但老陳知道自己自己還算年輕，人生的大船也才剛剛起航。這艘船能否在驚濤駭浪中始終勇往直前，現在還不得而知，不過舵手一直在努力，也從未輕言放棄。

我想，雖然二十世紀九十年代之後，中國大陸在獨立的政治和人文思想教育方面沒有加快改革的步伐，但是任何一個時代都不會缺少對國家和民族的未來充滿理想又擁有實踐力的人。我們這一代年輕人當然也不例外。個體的微薄之力雖然很難撼動體制的銅牆鐵壁，但是總有一天，有夢想的個體們會凝聚成新的團體，推動我們的國家和社會更加健康地運轉。這一天，應該不會太久。

馬英九先生是哈佛法學院畢業的高材生，反對黨的領袖蔡英文女士擁有美國康奈爾大學法學碩士和英國倫敦政經學院法學博士兩個海外學位。事實上，臺灣政治人物中，擁有海外人文社科教育背景的不在少數。老陳真誠地期待，中國大陸的決策舞臺上，未來也會出現更多像成思危先生這樣的學者型、海歸型的官員。

身在寶島　觀察大陸
感悟差異

　　3月伊始，正是春暖花開的季節。陽明山上奼紫嫣紅，百花爭艷。巨大的花鐘安靜地記錄著時間的流逝，卻無法定格這座城市不經意間閃現的驚艷。彼時的臺北城已經有了初夏的感覺，氣溫盤踞在30度左右，再加上海洋性暖濕氣候的悶熱，著實讓老陳有點難以招架。畢竟一個月之前，老陳還在南京的家中穿著厚夾克長毛衣呢。加之住在山上校區，遲遲等不到校園接駁車的話常常得步行上下山，那麼十多分鐘的行走路程一定會讓老陳汗流浹背，苦不堪言。

　　臺灣同學對這樣的「準夏天」早已習以為常，建議老陳做好準備，迎接熱浪更為洶湧的六七八月。不過經歷了三四月的初探之後，老陳對於臺北的炎熱也是見怪不怪了，畢竟老家南京也是大陸大名鼎鼎的「火爐」之一，適應臺北的天氣自然也是小菜一碟。

　　海峽另一側的首都北京，卻還沒有擺脫寒冬的籠罩，羽絨服包裹下的城市更顯滄桑與厚重。乍暖還寒之際，一年一度的「兩會」拉開了帷幕。「兩會」是「全國人民代表大會」和「中國人

民政治協商會議」的簡稱。每年三月,「兩會」分別在北京召開全體會議一次,傳遞出的信息將會成為未來一年中政策走向的風向標。雖然「兩會」的模式均是民主議政的體現,但是由於一黨專政的前提,所以實踐層面看起來更像是「橡皮圖章」。因而一直有人把這樣的情形戲稱為「人大舉舉手,政協拍拍手」。

　　老陳從小就喜歡看新聞,記得很多年以前,大陸媒體特別喜歡關注的「兩會花絮」是總理的工作報告贏得了多少次掌聲。直到今天,總理換了兩三屆,「掌聲次數」卻依然是大陸媒體熱衷追捧的細節指標。相反地,在美國待了近三年,在臺北待了一個學期,老陳從來沒有看到過當地的媒體關注政治人物獲得的掌聲次數。

　　而大陸的政治語境中總是習慣了服從和接受,對於核心政治人物更是有一種近乎盲目的認同和追崇,卻鮮有獨立的公民意識和批判性思考。大陸的官員對著演講稿照本宣科的功力也著實厲害,抑揚頓挫控制得恰到好處,重要斷句處提高音量,拉長尾音,聽眾們自然心中有數,適時地拼命鼓掌。

　　如果說九十年代之後的中國教育缺失了對於批判性思維的關注的話,那麼官員們「惟領導是從」的狀況,更是體現了「千人一面」的獨立性迷失。

　　關注掌聲本身並沒有錯,因為掌聲的互動體現了總理的溫情和聽眾的體貼,更代表了公眾對於總理工作報告的善意期待。只是,如果公共媒體資源只願意關注掌聲,渲染「祖國山河一片紅」的正面形象,極力淡化掌聲之外的那些更有爭議的議題,對於涉及社會公平、社稷民生的敏感話題選擇性失明,不得不說是一種本末倒置式的資源浪費。

今年的「兩會」上，「人大舉舉手，政協拍拍手」的盛況依然在延續，整個流程進展得四平八穩，一切都是那麼的波瀾不驚。

大環境雖然如此，一些「較真」的委員卻還是給大家帶來了不少感動。比如全國人大代表、廣東中人集團建設有限公司監事會主席李永忠先生。李先生專門為國家財政支出「挑刺」，倒也發現了560多億元的廉租房建設資金缺口，普通老百姓在怵目驚心、瞠目結舌之餘，似乎也實在是無能為力。

當然也不乏一些啼笑皆非的荒唐。比如全國政協委員倪萍女士那句振聾發聵的：「我愛國，我不添亂，從不反對或棄權。我參加政協以來，都是投贊同票」。倪萍女士曾是中央電視臺的當家花旦，連續十年作為「女一號」主持春節聯歡晚會。螢幕上的她一直是感動的化身。她關注弱勢群體，時常在攝像機前流下溫情的淚水。舞臺之外，倪萍熱衷社會公益事業，是公認的「愛心媽媽」。

當這樣一位形象一向陽光正面的文藝明星發表出那樣讓人哭笑不得的言論的時候，人們不禁對人大代表、政協委員們的話語質量和認知水準產生顧慮。作為公民代表，這一群體理應為民眾發聲，就廣泛關注的公共議題發表意見，提出建議。如果只是一味地鼓掌和叫好的話，那麼他們所掌握的話語重心只是一張未曾作畫的白紙，安靜地躺在桌角，逐漸泛黃，變皺，最終難逃被丟棄的宿命。

本屆「兩會」上，爭議更大的應該是湖北省長李鴻忠的「搶奪記者錄音筆事件」。3月7日，李鴻忠先生接受媒體記者訪問，其間《人民日報》下屬的《京華時報》記者劉傑提問李鴻忠怎樣看待「鄧玉嬌案」（曾在2009年引起廣泛關注的一起刑事案件，發生在湖北省巴東縣）。

　　從新聞學的角度來看，這或許並不是一次很完美的提問。問題本身比較模糊，並沒有闡明具體的發問方向，針對性有所欠缺。或許這樣的發問方式也是記者本身的善意之舉，不想太過為難被提問者，給省長先生留了充分的發揮餘地。

　　遺憾的是，李鴻忠先生並沒有直面記者的提問，而是反覆追問記者是哪家媒體的，在得知劉傑來自《人民日報》之後，李表示要向報社社長反映此事，並搶下劉傑手中的錄音筆，揚長而去。

　　在一個缺乏有效監督的官員體系中，「搶奪錄音筆事件」正是「官本位」思想的集中體現。面對提問，省長先生以其政治上的高度敏感性，察覺到了「不和諧」的意味，遂讓記者自報家門，甚至尋思著知會記者的上司（估計是要嚴肅處理？），最後還不忘搶下記者的錄音筆，不留下任何蛛絲馬跡。可以說，李鴻忠先生在整個事件中，冷靜果斷，機智勇敢，卻完完全全地暴露了自己不算太高的為官情商。

　　在中國這樣一個偉大而神奇的國度，每一天都會有源源不斷的感動上演，觸動我們內心深處最柔軟的部分；當然這片廣袤的土地上也從來不乏弔詭式的荒謬，從毒奶粉到假疫苗，我們忍耐的極限不斷地被挑戰。很難想像，在一個文明社會，省長先生如此專橫跋扈的行為可以被忍受，對其質疑的聲音可以「被和諧」。

　　如果李鴻忠先生是由公眾民主票選出來的官員，那麼他還有沒有底氣和勇氣奪下話筒？如果今天我們不去捍衛記者劉傑合法採訪的權利和尊嚴，那麼明天，我們的房屋可能被強制拆遷，面對一片廢墟也只能留下聲聲嘆息。

　　雖然李鴻忠先生的表現不能代表大陸官員的主流，但是「錄音筆事件」之後，李先生依然毫髮未損穩坐地方大員寶座的狀況，倒是真真切切地折射出了大陸官員監督和問責制度上的漏洞。

　　每年「兩會」都有一場重頭戲，那便是國務院總理的記者招待會。總理先生會在記者會上就兩岸關係發表看法，這也一直是臺灣政界、學界、傳媒界以及普通民眾最為關注的環節。對於關注大陸「兩會」的臺灣人士來說，「錄音筆事件」的來龍去脈以及結局更讓他們對大陸的認同感降低。畢竟對於習慣了用民主的方式監督和鞭策官員的臺灣社會來說，這一事件的發生著實讓人啼笑皆非。

　　記得3月份，臺中市長胡志強曾來政大演講，這位政壇老將一點架子也沒有，輕鬆面對政大師生，談笑風生之間把自己過去作為發言人的心得全盤托出，聽眾反應熱烈，掌聲不斷。同樣是地方大員，李先生和胡先生的表現可真是天壤之別，個中差距發人深思。

　　事實上，國共兩黨分區而治六十多年的最大轉折點發生在八十年代中後期。臺灣解除「戒嚴令」，民主化進程從那時開始蒸蒸日上。海峽對岸的大陸今天依然摸索著中國特色的社會主義民主，試圖在「黨內民主」和「基層民主」的嘗試中實現「社會民主」與「普遍民主」的突破。其實不管兩岸關係的未來走向如何，如果價值觀上的分歧不能彌合或是縮小的話，彼此間的認同感一定會「有減無增」，那麼大陸官方一直期待的和平統一大業很有可能會不容樂觀。

　　今年的溫總理記者招待會上，留給臺灣媒體的提問機會被《聯合報》獲得。這也是繼2004年記者會之後，《聯合報》時隔六年再次提問溫總理。與六年之前大選前夕的劍拔弩張相比，如今的兩岸關係日趨緩和，記者提問的重心自然也轉移到了兩岸經貿合作領域。

　　事實上，從2003年溫家寶內閣成立以來，《聯合報》是唯一一家得以在總理記者招待會上兩次提問的臺灣媒體，其他得到過提問機會的分別是中天電視臺（2003年）、年代電視臺（2005年）、TVBS（2006年）、東森電視臺（2007年）、《工商時報》（2008年）以及中央社（2009年）。

　　有趣的是，這七家臺灣媒體中，除了中央社是較為中立的綜合性通訊社之外，其餘六家均不同程度地偏向藍營，或者說至少頭上沒有頂著明顯的「綠帽子」。溫總理的任期還剩兩年，也就意味著臺灣媒體在「兩會」記者會上向他提問的機會也只剩下兩次。老陳感興趣的是，傳統綠營媒體，比如《自由時報》、《蘋果日報》，是否有可能獲得提問機會。雖然綠營媒體的提問在北京看來可能會更加尖銳和苛刻，但是它們的存在畢竟也代表著島內一股相當重要的民意，這也是大陸官方必須承認和正視的現實。只有客觀和坦蕩地面對現狀，中南海才能更加切實準確地了解臺灣民意，把握兩岸關係未來走向的整體命脈。

　　《聯合報》的提問關注的是ECFA協商過程中大陸「讓利說」的實質內涵，以及簽訂ECFA之後，總理先生去臺灣走走看看的願望實現起來是否會變得更加方便。溫家寶在回答中強調了ECFA協商過程中的三大原則：平等協商、互利雙贏和彼此照顧對方的關切。總理先生尤其重申了「兩岸兄弟說」，他表示，「商簽協議是一個複雜的過程，但是正因為我們是兄弟，『兄弟雖有小忿，不廢懿親』，問題總是可以解決的」。隨後，溫總理再次表達了他親自到臺灣走走看看的強烈願望，表示「不要因為50年的政治而丟掉5000年的文化」，並描述了名畫《富春山居圖》隔海相望六十年的典故，最後向臺灣同胞問好。

一年之前，同樣的場合，總理先生深情表示，雖然自己已經67歲了，但是如果有這種可能，走不動就是爬，他也願意前往臺灣。如此真情流露感動了大陸的很多人，當時的會場也是掌聲雷動，經久不息。後來時任行政院長的劉兆玄特意回應：「大陸各級的領導人若有意願來臺灣訪問，我們樂見其成，但我們要慎重規劃，愈是層級高，愈要慎重規劃」。

可以說，對於與民族主義情緒緊密相連的兩岸關係議題，大陸的執政者一直頗為小心謹慎，通常採用的策略是「曉之以情，動之以理」，理智之外常常大打「溫情牌」，深深感動大陸民眾的同時也期待著得到臺灣方面的善意回饋，尤其是贏得臺灣普通老百姓的好感。

普遍來說，溫家寶先生以其溫和親民的形象頗得大陸民眾敬重，之前幫農民工討工錢以及第一時間空降地震災區都是百姓們津津樂道的感動。只是面對更加苛刻的臺灣民眾，溫先生的「溫情牌」能否奏效還真的不得而知。畢竟溫情之外，必須要有坦誠相見的真誠去支撐，否則很難真正打動臺灣老百姓。

讓人欣喜的進步是，北京方面終於願意放下身架，在一個對等的平臺上與臺北互動。以往北京熱衷於把海峽對岸的臺北定位成一個與祖國母親走散多年的遊子，而如今已經開始調整稱呼，把「遊子」升級為「兄弟」。如果說「遊子論」表明中南海依然期待著在「一國兩制」的框架下解決臺灣問題的話，「兄弟論」折射的是一種更加務實的態度。畢竟臺灣既不是香港，也不是澳門，用「一國兩制」的建構解決臺灣問題，只是體現了大陸決策者不太現實也不太準確的一種錯判。

「一國兩制」方案的絕對主體是北京，中央與港澳的關係相當於「母子」，如果用類似的模式嘗試著解決臺灣問題，自然有

悖對等的原則，結果也難免趨於悲觀。「一國兩制」的架構雖然
是一個毫無懸念的基本前提，但是這個四字短語顯然沒有觸及到
兩岸關係的本質，也未能囊括解決臺灣問題的核心內涵。對於臺
灣而言，「一國兩制」意味著「被統一」，甚至是「被吞併」，
也意味著臺灣地位與港澳類似，相當於「被矮化」，這樣的情形
在當前臺灣社會的政治語境中是很難被接受的。正是意識到了這
一點，大陸的決策者理性調整，兩岸正在嘗試著把那個複雜的連
環鎖緩緩解開，局外人從中看到的是妥協和諒解。

　　考慮到兩岸在規模上的巨大差異，大陸方面更應該展現一個
崛起中的超級大國的風度和氣魄。除了在經貿交往上「讓利」臺
灣之外，北京能否在政治互動中也彰顯寬容和大氣，是值得關心
和期待的。

　　老陳曾在政大聆聽過廣州中山大學教授鞠海龍先生的演講，
題目是「走向海洋的新思維」。鞠教授強調了大國海洋戰略的三
個層次，從軍事抗衡、經濟競爭到如今的知識博弈。而主權與利
益的制衡，才是今天海洋戰略的關鍵所在。其實鞠教授的理論不
僅僅適用於海洋戰略，也可以推廣到兩岸關係的互動中。畢竟主
權並不一定完全沒有商榷的餘地，只有利益的共享才是永恆的主
題。在某些時候，主權與利益又是相輔相成的兩個概念，利益的
共享緩解攸關主權的敏感對峙，主權議題的淡化也會促進利益共
同體的集體成長。

　　中國大陸一方面承認現實，採取更加理性務實的態度處理兩
岸關係；另一方面，卻依然固守著理論和實踐的困境，不能完全
跳出思維定勢的怪圈。最讓老陳費解的就是矗立在東南沿海的那
些對準臺灣的飛彈。北京一方面積極推行兩岸經貿協定的簽訂，
希望透過經貿的「讓利」籠絡民心，另一方面卻完全沒有意向撤

除或者後移飛彈。對於飛彈的堅持，可能是目前大陸對臺政策中最任性也最值得商榷的一條。

首先，按照大陸現在的軍事能力，飛彈即使後撤到新疆的塔里木盆地，也依然具備了涵蓋臺灣的射程能力。所以在東南沿海——也就是臺灣海峽最敏感的地帶——架設飛彈，並沒有現實的必要性和緊迫性。

其次，飛彈對於大陸來說只是一層安全再保障，起的是「錦上添花」的作用，而對於臺灣而言卻是縈繞在視野不遠處的陣陣陰霾，是揮之不去的恐慌之源。鑒於海峽兩側完全不均衡的力量對比，大陸方面更應該保持克制，有所讓步。

再者，就像美國對臺軍售早已不是一個單純的軍事議題一樣，飛彈的存廢更是一個充滿象徵意義的符號。大陸的「讓利」能否落到實處，不僅僅取決於兩岸自由貿易協定中的關稅減免，更重要的是善意的釋放是否真誠和全面。既然是「兄弟」，那麼相煎何太急？或者說，一方面強調兩岸同根同源是一家，另外一方面卻又把飛彈對準自家「兄弟」，倒真有點自相矛盾。如果大陸願意後撤飛彈，那麼對於臺灣而言絕對是一個切實的讓步，背後的誠意也自然會有目共睹，這比依靠領導人在媒體面前強調「兄弟論」更讓人信服。

老陳曾經在多個場合與臺灣同學探討過飛彈的存廢議題，也向他們表達過自己的遺憾和費解，也正是這樣的態度讓臺灣同學覺得老陳「和一般的大陸同學不一樣」。其實，兩岸真的是兄弟，一脈相承的中華文化讓我們有太多的共性。只是，這樣的手足之情早已融化在文化屬性的血液中，而並不是由唯美詞藻縫製的「皇帝的新衣」。兩岸漸行漸遠的根本癥結在於彼此間信任的流失，導致認同感急速下降。所以互信機制的重新搭建便顯得尤為重要。

　　大陸民眾中，不管是前輩還是年輕一代，很少可以設身處地地理解臺灣民眾的疾苦，尤其是這種飛彈臨頭的安全困境。在臺灣的大陸同學經常會被臺灣人當做是「被統戰」了的一代，我想這倒也未必。畢竟大陸學生從小到大所接受的歷史和政治教育都是「臺灣是中國不可分割的一部分」。對於現實狀況的片面理解造成了認知上的局限，這或許是情有可原的。不少臺灣人都去過大陸，而能來臺灣的大陸人只是一小部分，尤其是像交換生這樣可以待上將近半年的，就更是鳳毛麟角了。

　　所以大陸學生來臺之後，都很珍惜這樣的機會，但是如果能在在遊山玩水之餘深刻解讀臺灣同齡人的想法，尤其是關注兩岸關係的未來走向在年輕人思維中的映射，會更加具有長遠意義。畢竟當我們這一代，不管是大陸同學還是臺灣同學，分別成長為兩岸社會的中流砥柱的時候，很多人將會走近或是走進對臺工作和對陸工作的核心決策圈，那麼屆時能否摒棄偏見，坦誠面對，將會是至關重要的。對此，老陳充滿期待，雖然樂觀之外偶爾也會有些許擔憂。

煙花三月高鐵臺南
《寶島一村》名不虛傳

　　這部話劇是臺灣話劇史上的巔峰之作，影響力卻早已超越寶島本身，輻射整個華人世界。它於2008年12月在臺北首演，之後在臺灣進行了超過300場的演出，受到了空前的關注和熱捧。2010年年初，它登陸中國大陸，在深圳、廣州、東莞、杭州、上海和北京等六個城市進行了12場演出，場場爆滿，部分城市中低價檔位的票甚至在開演前一個多月便已售罄。這部話劇描述的是眷村裡的傳奇，那些寫滿了悲歡離合的記憶。它本身也成為了華語話劇史上的一座豐碑。這便是臺灣話劇教父賴聲川先生的又一力作──《寶島一村》。

　　老陳算不上話劇迷，但卻一直對《寶島一村》魂牽夢繞。只是之前它在上海演出的時候，老陳身在北京；而當它轉戰北京的時候，老陳又回到了華東。於是老陳非常微妙，也非常遺憾地兩次與這部經典擦肩而過。本以為將無緣現場版的《寶島一村》了，忽然查到3月份在臺南和臺中會有加演的訊息，老陳毫不猶豫地買了一張3月14號下午臺南市立文化中心場次的票。

　　雖然演出是在臺南進行，但是購票的程序非常便捷，老陳直接在政大憩賢樓餐廳旁的7-11裡便完成了全部購票手續，全部耗時不超過三分鐘。

　　話說臺灣的便利超商真的是名副其實的便利。除了可以購買生活所需的各種常規物品以及簡餐、點心外，便利超商還提供各項便民服務，比如代繳水電費，銷售電影票、話劇票和高鐵車票等等。甚至提前一天在博客來網路書店預訂圖書，第二天便可以在就近的7-11提書。雖然覆蓋率更高，但是7-11隨時面臨著其他便利超商連鎖的衝擊。比如另一連鎖便利品牌「全家」率先提供高鐵車票的銷售業務，而7-11卻未能搶佔先機。行業內部的良性競爭造就了臺灣便利超商業的高效率和優服務，自然也就很容易贏得顧客的青睞，維繫令人稱讚的品牌忠誠度。成功的經驗或許很值得大陸的同行汲取和借鑒。

　　14號那天清晨，我和同學晞睿、東君約在校碑見面，共進了早餐，隨後公車轉捷運，順利抵達臺北車站。作為臺灣陸路交通的樞紐，臺北車站外觀大氣，內部也很整潔，更為關鍵的是不管站裡站外都沒有「黃牛黨」，也沒有想要幫你提行李、為你找工作的「好心人」。因為是搭乘捷運抵達臺北車站，我們一行三人無需出站便可以根據指示牌直接步行到高鐵售票處。車次很多，我們很快買好了十五分鐘之後出發的高鐵車票，刷卡進站，方便快捷，更像是搭乘捷運，而不是前往幾百公里外的臺南。

　　上車之後，老陳繼續發揚熱愛觀察的好習慣，卻驚訝地發現，直到開車之後，車廂裡還是沒有坐滿。更為確切地說，是一大半的座位還空著。雖然還不到21周歲，但老陳也算是「閱火車無數」了，除了經常搭乘動車組和諧號穿梭於長三角的各大城市之間外，老陳也多次搭乘跨越大江南北、長城內外的長途列車。

比如寒假去北韓之前就曾從南京搭臥鋪火車前往瀋陽，加上晚點所耽擱的時間，全程歷時將近26個小時。

在老陳這十多年的火車生涯中，如果不算從波士頓到華盛頓搭過的一次商務艙列車，還從未遇到過如此空曠的車廂，所以忽然就有種莫名的受寵若驚湧上心頭，就差鼻子一酸淚流滿面了。這樣說雖然有點誇張，但是老陳當時的確有些驚訝和不解，這畢竟是周日啊，高鐵車廂的上座率竟然還不到三成，這樣的情形要是出現在大陸的話，絕對是鐵路客運史上相當罕見的奇觀啊。

這些年，大陸的高速鐵路網正在急劇擴張，但是不論新增了多少線路，既有的線路又如何被優化，依舊會有運力供不應求的緊張局面。每年農曆新年的「春運」更是讓全世界見證到大陸民眾火車出行或是返鄉的不易。

更讓人心痛的是鐵路客運資源的不均衡分配。一二線城市，尤其是京津唐、長三角、珠三角的高速鐵路覆蓋已經逐漸成型，而中西部欠發達地區卻不得不翹首期待著下一次鐵路大提速可以惠及到自己。而這樣的不均衡分佈，不僅僅局限在鐵路資源上，也包含其他公共資源的分配。這些不均衡組合起來，或許正在為中國大陸的可持續發展埋下隱患。

一路向南，沿途經過各站，乘客上上下下，車廂內的上座率卻始終沒有突破五成。到了臺南站，我們下車之後才發現，車站距離市區還有十萬八千里，需要搭乘免費的接駁公車才能抵達市區。不過既來之，則安之。我們上了公車，發車時間一到，準時開車，大概50分鐘後抵達臺南市政府站，下車後搭計程車前往安平古堡，正式開始我們在臺南的歷史人文之旅。

不過「人是鐵，飯是鋼，一頓不吃餓得慌」，一上午的舟車勞頓已讓三位政大學子饑腸轆轆。剛好安平古堡附近有家「周氏

蝦卷」的分店，久仰這家小吃店大名的我們，自然不會錯過。毫不猶豫地推開店門，此時正是中午就餐的尖峰時段，店裡早已人滿為患，點餐完畢之後，我們只得在室外找一張餐桌，坐定。一番狼吞虎嚥之後，一行三人心滿意足地前往安平古堡。事實上，在臺灣這樣一個小吃的天堂浸染了四五個月之後，老陳最難以忘懷的還是臺南的「周氏蝦卷」，那香嫩爽口的海鮮派，堪稱美食經典。後來在新聞上看到「周氏蝦卷」將在澳門開設分店，老陳尋思著當它未來進駐大陸的時候，一定呼朋喚友前去捧場。

正值午後，烈日當頭，同行的兩位美女懊悔著沒有做好防曬準備，於是大家走馬觀花式地遊覽了安平古堡，不忘向民族英雄鄭成功的雕像敬禮致意，還在舊時炮臺處留下了珍貴的合影。印象深刻的是安平古堡的門票價格，全票價格是50元臺幣，憑學生證還可以享受半價，後來發現臺灣的歷史古跡類景點門票大多是這個價位，非常合理。相比於大陸旅遊景區，不論是自然風光還是人文勝地，動輒就近百元人民幣的門票價格來說，臺灣景區的門票價位更加合理，服務也更加體貼和人性化，這在後來的墾丁之行中得到了更為深切的印證。

逛完一圈安平古堡，離《寶島一村》的開演還剩一個小時左右，為了預留充分的時間以免忙中出亂，我們一行三人搭計程車前往臺南市立文化中心。臺南不像臺北或是高雄，並沒有非常便捷的大眾運輸工具，所以對於外地遊客來說，出行基本依靠計程車。

街上呼嘯而過的則是一輛輛機車，蔚為壯觀。其實，機車的盛行已經成為了臺灣交通界的一個獨特象徵，它在年輕人中享有很高的使用率和支持率。

　　而「機車」這樣一個簡單的名詞在臺灣的社會大辭海中也衍生出了形容詞的內涵，用來形容比較不堪和尷尬的經歷或是人物。剛來臺北的時候，老陳聽到一對情侶打情罵俏，女生嗲嗲地嗔怪男生：「你好機車哦！」老陳當時頗為費解，經高人指點方才恍然大悟，後來聽多了也就見怪不怪，甚至自己也開始活學活用舉一反三了。

　　我們提前半小時趕到劇院，發現已經有一半的觀眾提前入場了，看來《寶島一村》的魅力之大可真不是開玩笑的。離開演還早，於是老陳先在演出大廳外閒逛了一會，廳外有《寶島一村》團隊的工作人員正在銷售話劇相關的外圍產品，比如鑰匙鏈、筆記本、紀念光碟等等。

　　相比於一般的話劇來說，《寶島一村》絕對算是大製作大成本了，光演員人數這一項就是普通話劇的兩倍，因而整個團隊的運營成本也相當高，製作方甚至是做好了賠錢的打算推出這部話劇的。沒想到《寶島一村》問世之後，頓時席捲寶島內外，在整個華語話劇界激起驚濤駭浪，甚至很多從未看過話劇的觀眾也第一次走進劇場，只為了解那段逐漸模糊的歷史。場場爆滿的上座率不僅意味著超額的票房收入，更帶動了主題文化產品的銷售。看來，在這個話劇市場日益被擠壓的年代，只要用心創作，依然可以創造奇蹟。老陳買了一張《寶島一村》紀念光碟，以示支持。工作人員聽說老陳是專程從臺北趕來觀看的大陸學生，頗為感動，連說了好幾遍：「多謝支持！」

　　《寶島一村》取材於特殊的時代背景。1949年，二百萬人漂洋過海，從臺灣海峽的一側遷徙到另一側，在寶島臺灣落地生根，卻依然鍥而不捨地堅持著那份「反攻大陸」的夢想，期待著有一天可以回到那片魂牽夢繞的故土。

話劇從嘉義的一個普通眷村——「寶島一村」展開，描述了三戶眷村家庭的故事，通過個體遭遇的大起大落折射出臺灣800多座眷村的社會生態。

在這樣獨特的歷史和政治大幕下，小人物的境遇雖然各有不同，但都不約而同地折射了「夾縫中尋求突破」的堅強。在「寶島一村」這樣一個虛構的村落裡，來自大陸各省的新移民從素不相識到相濡以沫，用共同的鄉愁、類似的回憶連接彼此，最後實現從「新移民」到「老居民」的身份轉變。

話劇中有一個關於「天津包子」的線索。劇中的一戶人家在眷村經營天津包子的生意，謀生之餘也算是寄托思鄉之情。而散場後，劇組向所有觀眾派發劇中提到的「天津包子」實體，頗有創意，很是體貼。

最讓老陳感動的劇情是，蔣公辭世的消息傳到眷村，居民們頓時驚慌失措，悲痛欲絕。雖然「反攻大陸」的口號一年比一年微弱，但這畢竟是維繫眷村居民思鄉之情的根本動力。而當年帶領他們漂洋過海的統帥不辭而別的時候，這個已然變得無限虛無縹緲的返鄉夢想終於幻滅，眷村頓時被籠罩了一層悲傷壓抑甚至是絕望的氣氛。坐在老陳旁邊的一位女觀眾早已泣不成聲，而老陳的眼淚也一直在眼眶裡打轉。

老陳希望《寶島一村》今後有機會可以再去大陸巡演，讓更多的大陸人知道國共內戰所造成的海峽兩岸對峙，並不是簡單的一句「臺灣是中國的一部分」就可以一錘定音的。大陸的年輕人經常會有些約定俗成卻不一定經得起推敲的想法，可能是因為我們的歷史和政治的教科書中有不少「約定俗成」的認定，即便這樣的認定和實際情況有所偏差。老陳所接觸過的絕大多數大陸同學，根本不能理解年輕一代的臺灣人所持有的「Taiwan Identity」

論，也不清楚「臺灣自主意識」究竟是怎樣的一種意識，更不願意設身處地地理解臺灣人的艱辛。

　　大陸年輕人會對臺灣的自主意識咬牙切齒，百思不得其解：為什麼同為炎黃子孫，說著一樣的語言，卻不能實現祖國的和平統一大業呢？老陳想說的是，當我們中的很多人一廂情願地勾畫著「收復臺灣」的藍圖時候，有多少人設身處地地想像過那二百萬眷村移民的艱辛與不易的？又有多少人能夠體會到「臺灣主權未定」的既成事實甚至影響到了幾代臺灣人的心理狀態和性格塑造？往事不一定如煙，取決於我們對待歷史和現實的態度究竟是不是客觀、公正和全面。我想，這是看完《寶島一村》之後最大的感觸和收穫吧。

暢遊西子灣，感悟美麗島

　　在華盛頓的日子裡，老陳經常「K書」K到天昏地暗，感覺永遠在追逐各項接踵而至的「deadlines」，很難有個消停。所以每年長達一個多星期的春假便是徹底放鬆的好機會。

　　大一那年春假，老陳去了新英格蘭地區，拜訪了美國東北部的多所名校，尤其是見識了美國獨特的文理學院通識教育，與諸多高中老友在異國他鄉重逢敘舊，很是溫馨感動。

　　大二那年，老陳留守華盛頓。彼時正值櫻花節，老陳和朋友一道徜徉在象徵著日美友誼萬古長青的櫻花樹下，頓覺心曠神怡，神清氣爽。

　　沒想到來了臺灣之後，依然有「春假」，或者說是更有中華特色的「清明假期」。身在異鄉，老陳不能親去掃墓，只好向著家鄉的方向鞠上一躬，願先人安息。整個「清明假期」歷時五天，老陳自然不會放過這樣一個放鬆的好機會，和同學一起驅車南行，暢遊高雄市區、腳踏車環遊旗津島、在恆春古城見證滄桑、在碧海藍天的南灣戲水衝浪、在墾丁音樂節與萬人狂歡，一路歡聲笑語，好不愜意。

　　4月1日，愚人節，春假第一天。

　　鑒於這個日子的娛樂性質，越來越多的人選擇在愚人節這一天向心愛的人告白，也算是為自己留些迂迴的餘地。可是如果這一天剛好是心上人的生日，那麼準備一份燭光晚餐，手捧玫瑰，深情告白，會更有點假亦真來真亦假的嘻哈感吧。不管怎麼樣，在這一天，我們從臺北出發，直奔高雄，開始了一段和高速公路的愚人節戀情。

　　沿著福爾摩沙高速公路向南進發，一路暢通。兩個多小時後，我們抵達位於臺中的清水服務區。這裡是我們旅途的第一個景點。沒錯，我們不僅要在清水服務區用餐小憩，更要把它當做一個旅遊景點來欣賞。

　　習慣了大陸的高速公路服務區簡單局限的功能配置，清水服務區近似機場候機體驗的設計模式著實讓老陳耳目一新。服務區的規模很大，光是洗手間就可以同時容納數百人。走進服務區內部，感覺更像是酒店大堂。銷售區裡的臺灣地方特產一應俱全，而用餐區的樓層中各式餐廳環狀排開，旅客可以在琳瑯滿目的選擇中找到最喜愛的口味。

　　如果說在大陸的時候通常在服務區買份便當，一頓狼吞虎嚥之後匆匆離開的話，那麼清水服務區是一個可以讓旅客放鬆心情的地方。吃上一碗正宗的韓式炒飯，翻翻報紙，喝杯珍珠奶茶，養精蓄銳之後接著趕路，很是舒適。我們在清水待了近一個小時，算是把這個服務區上上下下地打量了一番。離開的時候看到服務區的電子屏幕上不斷打出ECFA的宣傳，鼓勵民眾支持政府與對岸簽訂綜合性經貿協定，造福臺灣。老陳倒是疑惑了一下，不知道反對黨是否也可以在這樣的公共區域進行類似的政治宣傳。

　　離開清水之後，鼎鈞——文化大學的學長兼我們此行最辛苦的司機帥哥，重新調整了線路，於是我們在臺南市附近穿越市區，換到「中山高速公路」繼續前行。

　　久仰「中山高」的大名，這次有機會親自體驗這條有三十多年歷史的高速公路，也算是意義非凡。作為蔣經國先生20世紀70年代「十大建設」中的第一條，「中山高」當年還未上馬便遭遇諸多爭議。彼時的臺灣正在經歷外交困境，經濟發展水平也還相對滯後，一下子要上馬橫貫南北的高速公路，著實讓不少人深感恐慌。

　　然而三十多年後，那些爭議早已不復存在，人們的共識是，「十大建設」刺激了臺灣經濟的崛起，為後來成為「亞洲四小龍」之一奠定了堅實的基礎。「中山高」作為大中華地區的首條高速公路，自然也是功不可沒。

　　事實上，公共政策的制訂很多時候也是一個挑戰舊有觀念的過程。決策者的遠見、智慧、沉穩和勇氣便顯得尤為重要。而對一項政策的評價，或是對歷史事件和歷史人物的定位，則是一個動態的過程，之前的偏愛或是偏見很有可能會隨著時間的推移有所調整。因而很多人會猜測，多年以後，大陸對於開國領袖毛先生的功過定義是否會變動；也有很多人關注著八十年代末的政治動盪是否會被重新評價。

　　「十大建設」的例子生動地說明，在一個拉長的時間範疇內，我們對於歷史或許會有更加準確明晰的解讀，也會有更加理性公正的判斷。

　　我們從清水服務區出發，兩個小時之後抵達高雄郊外的蓮池潭。那裡風景很別緻，而且因為是周四的緣故，遊客很少。我們一行四人在岸上走上一圈，雖然氣溫有點高，但還是有點「心

靜自然涼」的清新之感。拍了些照片之後，便繼續向高雄市區進發。

　　我們預訂的民宿是在高雄最高的建築「85大樓」裡。不過在大樓周邊兜了兩三圈之後，我們才看到守候在入口的民宿工作人員。確認信息後，停車，上樓，辦理入住手續，我們順利地領到房間鑰匙。再搭電梯抵達房間所在的樓層，一道道的門禁系統很是高級，雖然有點繁瑣，但是讓賓客們體會到了十足的安全感。

　　將近80平米的房間，設施豪華，各項家電應有盡有，兩張超大的雙人床更是讓老陳有了「賓至如歸」的感覺。晚間時分，透過房間裡的落地窗，既可以看到繁華商業區的燈火輝煌，又可以飽覽高雄港灣的夜色溫柔，這如夢如幻的交織真讓人沉醉。

　　來臺灣之前，老陳便聽說這裡的「民宿文化」很發達，此番親身體驗之後才知道的確是名不虛傳。這一方面是臺灣人熱情好客的淳樸民風使然，另一方面更要歸功於城市的安全保障和民宿主人的契約意識，才共同造就了這樣一種民間模式的盛行。

　　把行李放妥之後，我們前往瑞豐夜市吃晚餐。如果想找一個環境優雅適合約會的地方進餐的話，夜市或許並不是一個很好的選擇。但我們一行四人誰也沒有在愚人節這天告白的娛樂精神，完全是美食優先的基本原則，於是夜市便成了首選之地。

　　話說臺灣的夜市文化也是大名鼎鼎。在臺灣待了一學期，老陳也拜訪了不少頗具特色的夜市，包括北部的士林夜市、師大夜市、華西街夜市，中部的逢甲夜市，南部的花園夜市、瑞豐夜市、六合夜市等等。後來老陳嘗試著總結夜市文化在臺灣擁有頑強生命力的原因，思來想去，除了傳統延續的因素之外，估計和島內的濕熱的氣候也有關。臺灣白天的氣溫較高，大家都樂於待

在室內，到了晚上氣溫轉涼，便很適合約上家人朋友，去夜市逛上一逛，吃些特色小吃，淘點價廉物美的小玩意兒。

每個夜市都有自己招牌式的美食，比如瑞豐夜市的「免剝殼烤蝦」就很有特色。而各地的夜市又都有些共同的小吃美食，比如「豬血糕」、「蚵仔煎」、「臭豆腐」等等，便是走遍全臺任何一處夜市都可以找到的。夜市生活化的性質，讓它成為民眾晚間放鬆的好去處，這裡也記錄著臺灣最舒適最愜意的生活狀態。

有些不起眼的小吃攤，卻在醒目處打上廣告：「感謝XX電視臺的友情推薦！」或是貼上政治人物們在這裡駐足的照片，引人側目。第一次看到小吃攤主掛上與馬英九先生的合影，老陳還頗為驚訝，後來看到的多了，也就不足為奇了。臺灣本土政治的民選特色讓政治人物們不得不用心關注基層動態，身體力行地與基層民眾接觸溝通，那麼來夜市走一圈便是一個很有效的了解民意和傳遞政見的辦法。就連上海市長韓正訪問臺灣的時候，也不忘在臺北市長郝龍斌的陪同下去饒河夜市體驗了一番。

我們在瑞豐夜市見到了義守大學的兩位朋友，大家邊吃邊聊，差不多七八成飽之後又一同轉戰六合夜市。六合夜市的規模相比於瑞豐要小一些，而且觀光客居多，所以在地人還是傾向於逛瑞豐。不過老陳對六合夜市倒是多了一層好感，因為老陳的家鄉正是南京市六合區，正所謂無巧不成書，竟然在高雄回到了「六合」。逛了一會，老陳看中了一個單肩挎包，和店主一番討價還價之後以500塊臺幣的價格拿下，也算是為當晚六合夜市的營業收入做了些力所能及的小貢獻。

來了高雄，少不了要體驗這裡的捷運，相比於臺北捷運系統棕線、紅線、橘線、綠線、藍線以及建設中的黃線共六條線路齊頭並進的錯綜複雜，高雄的捷運體系則要簡單了許多。這裡只

有兩條線路，在美麗島站交匯。對於第一次來高雄的老陳來說，「美麗島」這個名字象徵著臺灣民主運動的啟蒙，是一代臺灣人不屈不撓地抗爭「威權統治」的真實寫照。

　　駐足在美麗島捷運站夢幻般的穹形屋頂下，老陳沉思良久。三十多年前，一群黨外人士在這裡創辦了《美麗島》雜誌，並以此為陣地宣傳開明的政治主張，向民眾滲透民主自由的進步理念。

　　1979年12月10日是一年一度的「國際人權日」，以《美麗島》雜誌社成員為骨幹的遊行隊伍在這一天走上高雄街頭，向當局施加壓力，要求民主和自由。示威遊行的隊伍與軍警之間發生了小規模的衝突，後來事態越演越烈，竟然演變成了官民間的暴力衝突，為「二二八事件」之後，發生在臺灣的最大規模的官民衝突。

　　「美麗島事件」發生之後，黃信介、施明德、陳菊、呂秀蓮等八位骨幹人士被警總軍法處以「叛亂罪」起訴，一度傳出這八人將被處以極刑。不過後來在各界的壓力，尤其是美國方面的關切下，八位志士仁人均未被判處極刑，也算是把革命的火種延續了下來。在「美麗島大審」中，被告聘請的十五人律師團成員包括了蘇貞昌、陳水扁、謝長廷等等後來家喻戶曉的名字。

　　「美麗島事件」之後的臺灣，政治上逐漸實現了從「威嚴統治」到「民主自治」的轉型。不論是迫於現實的壓力，還是自身開明的作風所致，亦或是兩者的共同作用使然，蔣經國先生在八十年代推行的一系列民主改革，讓寶島臺灣得以傲然屹立在華人世界的價值觀之巔。即便這樣的評價只是基於西方主導的普世價值理論，平心而論，在社會正義的維護以及公民權利的保障方面，民主化之後的臺灣的確有了不少值得大陸學習和借鑒的經驗。

當年「美麗島事件」的骨幹力量們，以及「美麗島大審」辯護律師團的成員們，很多人後來成了「民進黨」的建黨元老，並且逐漸成長為臺灣政壇的中流砥柱。上屆政府的正副總統——陳水扁與呂秀蓮，均在當年扮演了舉足輕重的角色，前者是辯護律師團成員，後者則是直接的策劃者和參與者。兩位也都在「美麗島事件」之後逐漸走上了政治舞臺。

如果說當年的阿扁還是一位有理想並為之奮鬥的熱血律師的話，他後來的人生軌跡，尤其是走上權力巔峰之後的忘乎所以，以及如今身陷囹圄的尷尬狀態，倒真的讓人感慨世事無常，理想的火苗終究難敵現實的殘酷啊。政客們如果不能控制住自己的欲望，很容易一失足成千古恨。這條理論也適用於臺灣之外的政治人物們。

回駐地的路上，老陳一直回味著「美麗島事件」的來龍去脈，以及它在臺灣政治社會發展史上產生的深遠影響。

中國大陸也曾有過這樣的民主初嘗試，也經歷過類似的不愉快的官民衝突，不過衝突之後的發展軌跡似乎與臺灣模式有了不小的偏差。老陳欽佩那些當年參與過大陸民主運動的人物，也同情他們被關押之後失去自由的苦澀，但是也隱約覺得他們抗爭的方式或許值得商榷，也許可以有更加有效和溫和的策略。

再看看如今「海外民運」早已因為內部的權力鬥爭而支離破碎，山頭林立，如一盤散沙，甚至不少讓人啼笑皆非的「一人黨」也如雨後春筍般湧現出來。人們不禁困惑，這群當年的民主鬥士如今怎麼不知道如何用民主的方式統籌資源、分工協作了呢？帶著這樣的疑問，老陳緩緩進入了夢鄉。

第二天上午睡到自然醒，坐捷運抵達西子灣站，然後大家各租了一輛腳踏車，繞著國立中山大學騎行了一圈，之後參觀打狗

英國領事館。作為臺灣現存近代西式建築中年代最久遠的一個，打狗領事館巴洛克式的建築風格，在飽經歲月滄桑之後依然呈現出與眾不同的美感。

不過領事館外「法輪功」團體不遺餘力的宣傳倒是讓老陳有些厭倦。隨著越來越多的大陸遊客去境外旅行，「法輪功」團體也滲透到了全球各大景點。老陳之前在華盛頓、紐約、費城、波士頓、洛杉磯、舊金山等地已多次見到他們，雖然對其主張有所保留，但也大多是一笑而過，從未與之交涉或是辯論。而這回在打狗領事館外，聽到「法輪功」團體使用揚聲器循環播放宣傳錄音，老陳的遊覽興致倒真的被影響了。

海外「反共」的幾大陣營，也就是「獨輪運」（「藏獨」、「疆獨」、「法輪功」和「民運」）中，「海外民運」如今已支離破碎，內部的不團結導致凝聚力缺失，倒也應驗了中國特色的「文人相輕」。「藏獨」團體因為有了達賴喇嘛這樣一位精神領袖，再加上龐大的、分散在世界各國的流亡藏人網路，生命力也還算頑強。「法輪功」的支持者也不算少，而且不乏高級知識分子與虔誠的信徒，在美國各大城市免費發放的中英文版《大紀元時報》倒讓人很好奇他們的經費為何如此充足。

可問題是，「法輪功」現在留給外人的感覺是越來越偏離理性抗爭的軌道。他們所鼓吹的「天滅中共」、「亡黨亡國」一類的理論倒更像是小孩子們玩的「過家家」遊戲，完全沒有嚴肅思考的邏輯成分。老陳把自己定位成大陸青年人中比較理性開明的一份子，但對於「法輪功」團體也是唯恐避之不及，真心希望他們可以摒棄這樣欠妥的推廣模式，畢竟舉著大喇叭在旅遊景點竭力鼓吹「天滅中共」真的很沒有說服力。

在西子灣小憩片刻之後，我們扛著腳踏車上了渡輪，十分鐘之後便抵達對岸的旗津島。天氣不錯，陽光明媚，還有陣陣海風迎面吹來，很適合騎自行腳踏車環島。我們遊覽了旗後炮臺，在旗後燈塔處拍照留念，之後又一路腳踏車，騎行到風車公園，停車駐足。在碧海藍天的映襯下，緩緩轉動的風車像是一位智慧的老者，悠然自得地訴說著人間滄桑。

繼續前行，不經意間看到了一座類似博物館的建築，騎行到跟前才看清楚，原來是「戰爭與和平紀念公園」。這座公園本不在我們計劃的行程之內，我們所攜帶的臺灣旅遊指南上也沒有關於它的介紹。回去之後在網路上搜尋這座公園的信息，除了啟用的時候有零星的媒體報導，記錄了陳菊市長與百名老兵一道獻花、默哀之外，並沒有看到特別詳細的介紹。老陳對這樣主題的博物館很有興趣，當然不會放過參觀的機會，雖然是屬於計劃外的安排。

這座博物館建立的初衷是為了紀念那些參與了二次世界大戰和國共內戰的臺籍老兵，不論這些士兵在戰爭年代是為誰效力——被召入日本軍的旗下、加盟國軍、甚至是化身為解放軍。博物館旨在喚醒人們對於那段動盪歷史的反思。那些流離海外的臺籍老兵，也一直未曾放棄回家的努力，有些甚至用生命的代價鋪就了這條生生不息的抗爭之路，比如老兵許昭榮就用自焚這樣一種相對極端的表達方式喚醒著人們對於臺籍士兵戰後命運的關注。

當戰爭的大幕緩緩謝下的時候，槍林彈雨所造就的傷痕累累卻很難被抹去，那些沉澱在心靈深處的苦楚，注定會成為個體生命無法擺脫的記憶夢魘。

老陳上小學的時候對戰爭題材的影視作品很感興趣，每次看到抗日戰爭或是國共內戰題材的電影都會熱血沸騰。當時一聽到

「國民黨」幾個字就會想到他們在電影中繳械投降的狼狽狀，心裡甚至忍不住沾沾自喜。後來老陳慢慢意識到，戰爭是這個星球上最殘酷的表達方式，並且很多時候戰爭雙方的立場並不一定像後來寫歷史的人定義的那樣明晰。所以老陳當年對於「國民黨」近乎偏執的憎惡在今天看來是非常幼稚的。在戰爭中，個體士兵永遠是最無辜的一個群體，後人對他們「臉譜化」的解讀實在有失公允。有了這樣的認識，老陳對於戰爭中個體生命的不幸遭遇才有了更多的尊重和憐憫，不管這個個體所屬的參戰方在後人所寫的歷史中被如何定位──過度地讚美，抑或是誇張地醜化。

好在人們再也不像六十多年前那樣狂熱於武力的方式解決爭議。雖然武裝衝突依然在這個世界的某些角落不得消停，但主流的趨勢依然是和平與發展。所以如果有一天，兩岸也可以簽訂和平協議，徹底放棄武力的方式解決爭議，互相向對方提供一次安全確認，那麼將會是一個里程碑式的進步。

參觀完紀念公園，大家伴著夕陽的餘暉，蹬上腳踏車，倒還真有點饑腸轆轆的感覺，於是覓食行動正式開始。後來我們找到一家風味餐館，吃了頓非常豐盛的海鮮大餐，腳踏車環遊旗津島的旅途也暫告一段落。大快朵頤之後，我們一行回到高雄市區，這一天的行程圓滿結束。

我在墾丁，天氣晴

從旗津島回到高雄市區後，大家在愛河上搭乘觀光船遊覽了一圈，拍了些照片，便回到了駐地85大樓。第二天上午起床後，繼續南行，奔向墾丁音樂節。

雖然之前從臺北到高雄可謂是一馬平川，路況極佳，可如今往墾丁方向倒是塞車嚴重，於是之前計劃的行程也不斷地因為糟糕的交通狀況而被調整。抵達第一站「國立海洋生物博物館」的時間足足比預計的晚了一個多小時。

這座臨海而建的「海生館」外觀恢宏，建築風格別具特色。三大區段的設置——臺灣水域、珊瑚王國和世界水域，簡潔明了，一目了然。

不過或許是因為之前去過大陸不少城市的海洋主題博物館，有些「審美疲勞」，亦或是造化不夠，難以體會到海洋世界的無窮樂趣，老陳對「海生館」的印象並不是特別深刻。記憶最清晰的便是「海生館」臨海而建的建築群，以及在企鵝館的紀念品區域尋找最像「騰訊QQ」標誌的絨毛企鵝玩具的經歷。

離開海生館，我們離恆春古城的距離也就不算遠了。老陳之前一直不太清楚「恆春」和「墾丁」這兩個區劃概念的差別，在

車上總算是弄明白了。位於屏東縣的恆春鎮是全臺灣最南端的鄉鎮，而恆春鎮又下轄十七里，南灣、墾丁、鵝鑾鼻均屬其中。也就是說，恆春是高於墾丁的行政區劃單位。

第一次聽到恆春這個名字，是在電影《海角七號》紅透大江南北、海峽兩岸的時候，這部電影的背景正是我們現在所處的恆春古城。我們一行在古城裡兜了一圈風，隨處可見各種與《海角七號》有關的招牌，電影中出現的機車行、阿嘉的家、郵局等地點也都已成為恆春鎮的標誌性景點，每天前去參觀的遊客絡繹不絕。就連影片中的小米酒推銷員馬拉桑奮力叫賣的「馬拉桑」牌米酒，也有了實體存在並且榮登恆春古城各大文化創意商店的顯要位置。

2008年11月，大陸「海協會」會長陳雲林訪問臺灣，其間兩岸除了簽訂醞釀了三十年之久的「三通」協議之外，還有諸多友善互動。比如馬英九先生與陳雲林先生在臺北賓館不足十分鐘的會面，雖然雙方為了避免尷尬沒有互相稱呼，但難掩兩岸高級領導人互動日益頻繁的重要意義。

比較有意思的是，交換禮物的環節，馬英九贈送了一個臺灣瓷器工藝品「蝴蝶蘭的故鄉」給陳雲林。後來觀察家們普遍解讀，瓷器的英文是「china」，字母「c」大寫之後便是「China」，也就是中國的意思，所以一件瓷器工藝品或許蘊含了兩岸關於「一個中國」的共識吧。

而陳雲林回贈了一副《駿馬圖》給馬英九，這倒是比較容易理解。馬英九姓馬，送一副《駿馬圖》，很是應景，也呼應了馬英九所使用的「馬上會更好」的競選宣傳。除此之外，臺灣方面還安排陳雲林觀賞了當時正在熱映的《海角七號》。不過陳雲林回到大陸之後，一度傳出該電影因為「媚日情節」和「皇民化」

陰影而推遲登陸大陸。幾經周折之後，影片終於在次年的情人節於中國大陸公映。

如今人們聽到恆春這座城市的名字，便會想到《海角七號》，就連我的大陸朋友聽說我來了恆春，第一反應也是有沒有去「阿嘉的家」坐坐。

一部電影能夠成為一座城市的名片，《海角七號》的影響力可見一斑。在大陸，好像除了張藝謀拍攝的「印象」系列，並沒有類似《海角七號》這樣後來升級為城市代名詞的影視作品。之前老陳在日月潭旅行的時候，恰好趕上張藝謀拍攝「印象日月潭」，看來深謀遠慮的老謀子已經把自己「印象」系列的觸角，從大陸延伸到了海峽彼岸。

《海角七號》轟動式的成功以及恆春鎮因為這部影片而享有的巨大影響力，讓人們再次折服於城市文化名片的無窮魅力，這個案例也是打造城市「軟實力」的成功典範。一座城市究竟能不能擁有流芳千古的美譽，並不一定取決於一時的經濟發展程度，而那些打動人心的人文元素，才是最有可能寫進這座城市定義裡的華彩篇章。

一座城市的旅遊業發展，究竟是靠高價門票和那些華而不實的噱頭來支撐，還是「放長線釣大魚」，摸索出適合自身可持續發展的文化名片，恐怕是值得兩岸的旅遊業者和城市管理者深思的一個課題。

而事實上，除了《海角七號》這部電影之外，恆春的城市名片還有不少，最著名的就要屬一年一度的「墾丁音樂節」了。音樂節分為「春吶」與「春浪」，前者的歷史更為悠久，從1995年誕生以來已經走過了十六個年頭；而後者雖然2006年才創辦，但成長速度也很驚人。

　　「春吶」主要關注的是獨立藝術，而且已經不拘於音樂的表現形式，每年的盛會上也會有獨立電影、獨立服飾品牌等元素登臺亮相。「春浪」則是流行音樂的盛宴，在為期兩三天的日程裡，多位當紅歌手或者音樂組合輪番上陣，帶給觀眾最驚艷最具衝擊力的戶外音樂體驗。

　　每年「墾丁音樂節」舉辦的日子，也是這座小城最熱鬧最瘋狂的時刻。除了音樂節的現場──鵝鑾鼻、貓鼻頭等地人聲鼎沸之外，墾丁大街上的夜市也是人滿為患。比肩接踵的遊客，再加上各大啤酒廠家促銷小姐的傾情吶喊，好一派熱鬧非凡的景象。音樂和啤酒似乎是一對攣生兄弟，這也是為什麼啤酒廠家總是不遺餘力地在墾丁大街上擺攤設點，推銷自己的產品。在這裡看到大陸啤酒品牌「青島啤酒」的身影，老陳感到很親切。

　　兩岸政治對峙的堅冰雖然尚未完全融化，但是在文化休閒娛樂等方面早已實現了「無縫對接」。以《康熙來了》為代表的臺灣綜藝節目在大陸擁有無數鐵桿支持者，而老陳家鄉江蘇衛視的相親類節目《非誠勿擾》，竟也有政大的臺灣同學每期必看。墾丁大街上的臺灣帥哥美女們抱著「青島啤酒」開懷暢飲的時候，誰也不會因為這是海峽對岸的品牌而有所顧慮。

　　除了啤酒之外，音樂節當天另一熱銷的產品估計就是安全套了吧。這也很容易理解，音樂的狂歡，配上啤酒的暢飲，都是助興，也是「助性」的好工具。其實，任何大型的民間音樂盛會都不可避免地涉及到行為規範的議題，像今年墾丁的「比基尼派對」就因為涉嫌情色表演而受到了警方的調查，而「嗑藥」不止也是讓此類活動的主辦方非常頭痛的現象。年輕人還是應該堅守自己的行為底線，可以放鬆，但是不要放縱，畢竟「一失足成千古恨」的悲劇每天都在上演。

　　我們一行四人中並沒有對獨立音樂特別感興趣的，所以大家訂的都是流行音樂盛會──「春浪」的票。4月4號下午，我們在南灣戲水衝浪，開著「水上戰車」在大海中乘風破浪，甚是自在，之後沖了個涼便直奔「春浪」的演出地──貓鼻頭。

　　到了現場，正值「海洋樂團」幾個小夥子的表演時段。「春浪」一般分成兩到三天，每天都是下午開始，一路高歌到午夜時分才告一段落。每個歌手或者樂團通常有且僅有一個小時的表演時間，所以時間段的分配上頗為講究。一般來說，越往後登場的明星越大牌，而下午時段登臺的歌手則大多是小有名氣的歌壇新秀。

　　而一個小時的表演時間，也不一定都是屬於歌手自己的，很多時候會在中間穿插著介紹新人的環節，比如「董事長樂團」就拿出相當一部分時間與一個剛起步的組合同臺獻藝，後來出場的范逸臣也在自己的表演中推出了一名年輕的女歌手，算是提攜一下後生吧。此外，歌手們除了會奉上自己的成名曲之外，也不忘演繹下剛發表的新專輯裡的曲目，或是即將發表的作品中的主打，目的是讓聽眾對自己的音樂始終保持新鮮感，也讓自己的歌手生涯常換常新。

　　全場演出中，最讓老陳期待的自然是「情歌天后」梁靜茹的閃亮登場。這個響徹華語樂壇的名字，總在不經意間，用她那淡雅抒情的嗓音，打動我們內心深處最柔軟的部分。這位兩個多月前剛剛走進婚姻殿堂的幸福女人，在舞臺上愈顯成熟和優雅，放鬆的狀態甚至讓她自在地和前排的內地歌迷開玩笑調侃著。而全場萬人同唱《寧夏》、《分手快樂》等經典曲目的感人場面，又是其他歌手一直在模仿卻很難超越的。梁靜茹的歌總是那麼細膩，讓你感慨那份最隱秘最難以表述的情感竟然可以被她的歌詞

與旋律演繹得如此動人。如果有一天，可以和心愛的人相依著，靜靜地聽梁靜茹的情歌，會很浪漫吧。

　　梁靜茹是倒數第二位登場的歌手，壓軸的任務則交給了蕭敬騰。臨近尾聲，我們一行開始向退場的方向挪動，遇到范逸臣親自在後排售賣作品。雖然八年前的那首《I Believe》讓很多人耳熟能詳，但不少人其實並不清楚范逸臣是這首歌的演唱者。而真正讓范逸臣被更多人熟知的，是他在電影《海角七號》中擔任男主角，並且演唱了原聲插曲《國境之南》。老陳很少追星，偶爾挑動一下老陳心弦的可能還是位政治明星。不過那天臨近午夜看到范逸臣還在不遺餘力地推銷專輯，耐心地與歌迷合影留念，老陳也情不自禁地買了兩張他的新片《混混天團》的預售券，以示支持，就等著4月底上映的時候在臺北一飽眼福了。

《一頁臺北》裡的愛情童話

　　春假的最後一天，我們從墾丁驅車返回，一路向北。可是由於清明假期的緣故，交通大堵塞，平常四五個小時就可以搞定的路程，我們足足花了九個小時才回到臺北。最辛苦的當然是鼎鈞學長，把我們送回政大之後，他還要把車開回位於士林的家附近。這位熱心的臺灣學長，下學期就要開始他在淡江大學中國大陸研究所的課程。他去過廈門很多次，對那座城市的熟悉程度讓人覺得他就是個土生土長的廈門男孩。老陳覺得，如果有機會再次造訪廈門，除了勞煩曉燕學姐帶路，當然還可以請教「廈門通」鼎鈞學長。

　　春假歸來之後的那個周末，老陳選擇了留在臺北，調整一下作息，畢竟五天四夜的旅行很開心但也很疲憊，需要留在大本營恢復體力。周日那天，老陳約上學姐宇涵，去微風廣場的國賓影城看了心儀已久的電影《一頁臺北》，在這樣一部愛情喜劇裡找尋臺灣年輕人的愛情軌跡。

第一次看到這部電影的宣傳，老陳還以為是海報的設計者誤把「一夜」寫作了「一頁」。後來發現，沒錯，電影的名字正是「一頁臺北」。雖然影片的關鍵情節的確是發生在一夜之間，但是「一頁」的表述明顯更讓人心動。

翻開新一頁的臺北，黎明的曙光灑在你的肩上，我在街角的另一端等你。

男孩小凱總愛蹲在書店的一角，安靜地念著法語書，勾畫著去法國見女友的甜蜜夢想。書店店員Susie被小凱可愛認真的樣子吸引，總愛沒話找話地與小凱搭訕。情節的高潮發生在小凱飛去巴黎尋找女友的前夜。他在臺北的夜市偶遇Susie，之後一連串曲折離奇跌宕起伏的意外混雜在一起，兩位年輕人狂奔在臺北街頭。一番驚險和奇遇之後，彼此間的情愫也急劇升溫。歷經周折，當小凱終於一切就緒，可以前往機場的時候，他卻選擇留在臺北，與Susie的愛情在日出時分正式拉開了帷幕。

這部愛情喜劇的確很歡喜，現實生活中能夠遇上這樣完美愛情的人一定是幸運並且幸福的。這是老陳第二次走進臺北的電影院看電影，之前那次是在西門町的絕色影城看《艋舺》。這兩部片子都是今年臺灣本土電影市場上的票房寵兒，同時也都是具有濃厚臺北城市元素的影片。

《艋舺》的主要拍攝地點是位於萬華的艋舺祖師廟，也有不少場景是在龍山寺、景文高中、建國高中等地拍攝。老陳在臺灣造訪的第一個夜市是華西街夜市，在那裡看到有店家打出《艋舺》中某情節拍攝地的宣傳，覺得很是親切。

《一頁臺北》的場景跨度則更加多元，男女主角邂逅的地方正是大名鼎鼎的「誠品書店」。這家連鎖書店在某種程度上已經成為了臺灣文化的座標性象徵，大陸的很多小資青年們也一直很

嚮往「誠品」裡帶著油墨香的低調奢華。一度傳說「誠品」將要進駐大陸，尤其是要在南京開設大陸的第一家分店，不過能否成行目前還真的不得而知。

「誠品」之外，《一頁臺北》的夜市鏡頭取景於「師大夜市」，小凱和Susie一路狂奔的過程中更是歷經了若干捷運車站。熟悉的街頭場景很容易激發臺北市民的共鳴，難怪電影開演之前播出的臺北市城市宣傳片隆重介紹了這部具有濃郁臺北元素的電影。

宇涵是臺北人，她告訴老陳，那段森林公園跳舞的鏡頭，就是在她以前住的地方附近。我想，如果有一天，我家附近可以成為電影中的場景，一定會感覺很親切很貼心吧。臺灣雖然不大，但是文化創意產業方面一直是華人世界的風向標。

或許正是由於本土資源的局限性，激發了臺灣文化人勇於創新的特性，不斷地推成出新，打造具有影響力的文化娛樂產品。用文化創意的理念作載體，輸出價值觀，是最智慧的策略，潛移默化之中起到四兩撥千斤的作用，深得民心。

除了之前提到的「墾丁音樂節」之外，像電影《艋舺》、《一頁臺北》、《第36個故事》，其實都是蘊含了深刻文化內涵的城市名片。它們的流行，既增強了城市自身的凝聚力，又提升了城市的外部影響力，可謂一箭雙雕。

《一頁臺北》的導演陳駿霖是美籍臺灣裔，熟稔東西方兩種文化。他在2007年推出的處女作《美》也是一部以臺北夜市為背景的愛情短片。當越來越多的華人，尤其是像陳駿霖這樣的第二代移民，用自己獨特的方式，向西方社會推介臺灣乃至大中華地區的專屬美感的時候，一種讓人欣喜的「文化出口」悄然呈現。

回到電影本身，其實老陳一直對愛情喜劇不太感冒，尤其是看過章子怡和范冰冰主演的《非常完美》之後，更是覺得愛情喜

劇影片有時候更像是一場「愛情鬧劇」。不過《一頁臺北》的唯美情節雖然也屬於故事中才會出現的浪漫，但是它的清新淡雅卻顛覆了老陳對於愛情喜劇的偏見。

其實我們每個人的內心深處都隱隱約約地期待著有一天，自己也會邂逅《一頁臺北》的劇情裡描繪的那份唯美純真。

然而很多時候，愛情是殘酷的，愛人們又是現實的，難怪很多過來人喜歡用「帶刺的玫瑰」來形容愛情。中華傳統的婚戀禮俗強調「門當戶對」的概念，所以真正可以超越世俗的偏見，演繹無拘無束的愛情童話的戀人，自然會承受相當大的壓力。21世紀的「拍拖」，不僅僅是一場感情的拉鋸戰，更是經濟成本的大投資和心理狀態的微妙博弈。這樣說似乎顯得有些誇張，但事實狀態又何嘗不是如此呢？

海峽兩岸各大一線城市的房價居高不下，如今甚至在二三線城市購置一套二手房屋，都已成為年輕人可望而不可及的奢望。一位在北京上學的外地大學生，如果畢業後留在北京發展，那麼單純依靠自己的獨立奮鬥，想要掙夠一塊棲身之地的首付款，真是難上加難。

去年在中國大陸熱播的電視連續劇《蝸居》，我的不少臺灣同學也都看過或是聽說過，影射的正是上海居高不下的房價，這樣高昂的生存成本其實已經讓戀愛和婚姻均成為了負擔。年輕人不願或是不敢相信山盟海誓，只好在殘酷現實的荊棘中見風使舵，探出一條生路。無形中附加在愛情之上的「經濟考量」，讓甜蜜的情感多了一條尷尬的物質枷鎖。

雖然象牙塔也難以免俗，但發生在這裡的愛情畢竟要單純了許多。走進社會之前，如果沒有在大學校園裡嘗試一場或轟轟烈烈，或淡定低調的戀愛，不得不說是一種遺憾。政大的校園環

境優雅，綠化覆蓋率很高，山上校區更是有種曲徑通幽的神秘美感，再加上潺潺流過的醉夢溪，很適合牽著戀人的手，沿著山路，緩緩前行。這樣的一幅圖景注定充滿了溫馨和浪漫。

還在美國的時候，相熟的臺灣同學常常向老陳提到「政大出正妹」這樣的說法，也對老陳的臺灣之行「寄予厚望」。親臨政大校園之後，老陳發現政大女生果然名不虛傳。

人文社科主導的高校，女生比例居高不下是不爭的事實，龐大的女生基數讓政大男生樂在其中，有這樣一道靚麗的風景線貫穿校園的各個角落，自然是件十分愜意的事情。後來老陳特意和韓國室友以及日本室友做過比較研究，最後大家達成的共識是，臺灣女生是東北亞各地區的女同胞中最擅於打扮的。其實外形只是一方面，政大女生的特色主要體現在，這是一個非常獨立和智慧的群體，她們對於公共事務的關注程度遠高於臺灣高校女生的平均水準，思維的深度與廣度也令人稱讚。內涵與外表並在，而不是單純的「花瓶」。

然而交換學生更像是校園裡的過客，他們匆匆而來，與交換學校的交集大多只有一個學期，期末考試之後就得打道回府。雖然迸發出愛情的火花有時候只需要不到一秒鐘，但是常規路徑的「拍拖」方式——從素不相識到彼此熟悉，從增進了解到萌生好感，進而互相暗示和試探，直到最終的甜蜜牽手，確定戀愛關係，很可能大半個學期都過去了。

異地戀是個非常羅曼蒂克的「拍拖」模式，發生在別人身上的時候，我們總會由衷地祝福他們，然而當自己真的要面對這樣的情形的時候，又難免心存芥蒂，躊躇不決。長痛不如短痛，為了避免今後隔海相望的落寞，交換生與本地生的愛情經常尚未開始便已被扼殺在了萌芽中。尤其是大陸學生，今後想要跨過海

峽，重回臺灣的機會並不是很多，手續也相對複雜，如果只憑著「去臺灣和女朋友見面約會」的理由，恐怕很難說服兩岸的入出境管理機構，拿到簽註。

不過愛情的萌芽總是擁有頑強生命力的，而且很多時候還是頗具逆反性格的。現實的條件越是不利，對愛情無限虔誠的善男信女們反而會更加執著，乘著驚濤駭浪勇往直前。當兩岸越來越多的年輕人擦出愛情火花的時候，政治對峙的堅冰會更容易被融化。前段時間，臺北也遭遇了罕見的沙塵暴天氣，根據氣象專家的分析，源頭來自中國大陸的北方城市。就像沙塵暴是不分統獨也不認藍綠一樣，年輕人之間的甜蜜愛情也是可以超越意識形態的分歧，成為連接海峽兩岸的紐帶的。

目前看來，跨海峽愛情的分布還不是很均衡，絕大多數的情形是臺灣男生和大陸女生的組合，而大陸男生與臺灣女生的搭配則比較罕見，至少老陳只見識過為數不多的幾例。我想，大陸男生也不必對這樣的不均衡耿耿於懷。存在即是合理，奮起直追比怨天尤人更有效。

根據老陳的觀察，通常情況下，臺灣男生更加可愛和體貼。雖然有些臺灣男生說話的時候喜歡在句尾加上「好的啦」之類的後綴，顯得有點「娘」，但總體來說，或者說在不少大陸女生的解讀中，臺灣男生要比大陸男生更有戀愛情趣和生活情調一些。

相比於臺灣的同齡人，我們這一代的大陸學生大多是獨生子女，從小到大都是家裡的掌上明珠，做慣了「小皇帝」、「小公主」。一方面，我們失去了體驗臺灣同學習以為常的「手足之情」的機會；另一方面，身為「獨子」、「獨女」的我們在團隊合作能力方面經常會有所欠缺。因為從小到大的家庭成長環境中，我們並不需要面對如何分享的問題，所以很容易滋生自私的

性格。這樣的情形在某種程度上也造成了如今兩岸年輕人在感情交往上的思維差異，看來大陸的年輕人還得更加包容和豁達一些，學會分享，學會合作，懂得妥協和讓步，在愛情裡做一個有智慧有情趣的人。

不過「獨身子女」現象也不一定是一無是處的。因為從小在關懷備至的環境下長大，獨生子女群體對於競爭環境的公平性非常敏感，對於自身權利的捍衛也異常堅定。雖然「獨生子女」群體有時候思維方式還不夠成熟和全面，但是我們有理由期待，他們在未來會成為一股不可忽視的中堅力量，從維護自身權益的個體角度出發，在宏觀上維繫整個社會的公平和正義。

看完電影，老陳和宇涵在街對面的「博多拉麵」共進了午餐。拉麵的口味挺獨特，對話過程也很輕鬆愉快。說實話，老陳很欣賞宇涵這位知性優雅的臺北女生，目前大四的她即將畢業，稍後打算去北京工作，看來要做兩岸青年交流的先鋒和大使了。老陳祝福她在新的城市可以書寫新的傳奇，翻過「一頁臺北」之後，在海峽對岸的北京締造新的輝煌。

中國人？臺灣人？
還是華裔臺灣人？

　　標題有點繞，但這三個問號恐怕真實折射了如今臺灣年輕人正在經歷的「身份模糊」之困惑。多數臺灣同學在面對「你是中國人嗎？」這樣的提問的時候會面露難色，一陣躊躇之後擠出一句：「我想我是臺灣人吧」。

　　聽起來有點答非所問？驢唇不對馬嘴？但是老陳真的做過實驗，問過一圈臺灣同學之後，發現這樣的答非所問並非偶然，而是一種普遍存在的常態。而如果把「你覺得臺灣同胞是中國人嗎？」的問題拋給大陸同學的話，很可能會得到幾乎異口同聲的回答：「當然是！」

　　在這裡，老陳不想預設任何的判斷，因為這個問題本身的複雜和敏感的程度早已超過了老陳可以駕馭的範疇。老陳只是想說，這樣的「身份迷局」是在來臺灣之前很難想像的，親身生活在這座美麗的海島之後，才與這裡的人們產生了類似的共鳴。

　　老陳本學期所選的課程中有一門是趙建民教授開設的「兩岸關係」。這堂課採用英文授課，全班不到十位同學，除了老陳是

大陸學生之外，其餘分別為美國同學Drew（他有個非常地道的中文名字「司馬強」），兩位歐洲同學以及四位已經工作的臺灣同學，可以說是標準的「小班化教學」。幸運的是，正是由於班上同學背景各異，所以課堂討論的過程中經常可以聽到多元化的解讀方式。

趙教授目前在「陸委會」擔任副主委，是臺灣對陸政策的核心決策者之一。能上到這樣重量級的官員開設的課程，不得不說是一份榮幸。老陳在開學之初加選這門課，也正是希望領略一下這位學者型官員的風采。

學期過半，「兩岸關係」這門課也沒有讓老陳失望。趙教授學識淵博，課堂上旁徵博引，理論架構非常完善，邏輯分析也很有條理。他所指定閱讀的文獻都是這一領域的大家之作，很有價值，老陳每周讀完之後都會產生很多新的想法，需要不斷提煉才能把讀後感壓縮到規定的兩頁之內。整學期的文獻被裝訂成了一本書，大概有四五公分厚，不過老陳還是打算把它背回大陸，之後再帶到華府，可以常看常新，激發新思考。

不同於一般學者的是，趙教授的官員身份讓他可以更加全面和多元地解讀議題，而且很多時候是突破學術界傳統思維的創新思考。看得出來，趙既是一位體貼的教授，又是一位敬業的官員。他曾在課上就自己的職業取向深情流露，表示自己很享受教授的身份，同時也願意用在力所能及的範圍內為臺灣和兩岸關係有所貢獻。

趙教授強調，在一個民主制度下，很多時候政府官員需要承受很大的壓力，而不像其他制度下的官員可以享受「特權」。不過能夠有機會為這片土地奉獻自己的力量，趙教授覺得是一件很自豪也很欣慰的事情。雖然之前在大陸也不止一次地聽到官員們

的類似表態，但經常覺得這是「官腔」在作祟，不過趙教授的誠懇卻很讓人信服，全班也自發地鼓掌支持。

因為身份的緣故，趙建民教授在比較敏感的議題上並沒有透露太多他個人的解讀，更多的時候還是從學術的角度理性分析。有時候同學試探著讓趙教授在敏感議題上表態，他都會非常巧妙地迴避，不露聲色之間卻已經開始了一個新的話題。

因為公務繁忙，敬業的趙教授通常會充分利用課堂時間，然後按時下課。不過唯一的一次延遲下課，竟然是比預定時間晚了近半個小時。而那天課上討論的主題，正是讓人欲罷不能的「Taiwan Identity」。

課上，趙教授表示，如果把本章開頭提到的那個「你是中國人嗎？」的問題拋給馬英九內閣的諸位官員，那麼得到的共識將會是「是的，我是中國人。同時我也是臺灣人」。這和陳水扁執政的八年有著不小的區別。如果在民進黨當權時期，向彼時的內閣官員們提出同樣的問題，得到的回答恐怕遠不如現在這樣明確和堅定。

這個問題的微妙之處就在於，「中國」的定義究竟是什麼？是政治上「中華人民共和國」和「中華民國」的區分，還是廣義上憑藉文化共性維繫的「大中華」概念？進一步的思考就是，承認「我是中國人」與承認「我是臺灣人」是否存在矛盾？也就是說，臺灣究竟是屬於「中國」，還是等同於「中國」，亦或「臺灣」與「中國」根本就是兩個互不交叉，獨立於彼此的概念？

雖然趙教授很有信心地表示馬內閣關於這個問題的共識是「既是中國人，又是臺灣人」，但年輕一代的臺灣人中能夠毫不遲疑地宣稱「我是中國人」的恐怕是越來越少了。班上的臺灣學姐Christine告訴老陳，在她上高中的年代，也就是世紀之交的時

候，關於「究竟是中國人還是臺灣人」的爭論如火如荼，觀點勢不兩立的同學們還常常為此出言不遜，傷了和氣。直到今天，Christine聽到這樣的問題依然會心頭一緊，頭皮發麻，深思熟慮之後還不一定能給出確切的回答，大多數時候也就是迂迴一下再迅速轉換話題。

　　看得出來，那天的課上，Christine有些激動，說到高潮處甚至向趙教授申請使用中文，教授欣然答應，甚至開玩笑道，只要能把這個問題說清楚，用日語也沒關係。遺憾的是，Christine終究沒能讓大家明白她的想法，她說到後來把自己也弄糊塗了，只好無奈地搖搖頭，然後作罷。

　　相比於一些大陸同學，老陳非常尊重臺灣人日益強烈的自主意識，也理解他們對於「中國」這個概念的歸屬感與日劇減。很明顯，在當前臺灣的語境中，「中國」通常意味著「中國大陸」，而「臺灣」則是一個與「中國」有所區分的概念。

　　譬如說，臺灣同學不會驚訝於「與中國簽訂ECFA」這樣的表述，雖然最能規避爭議的說法是「與大陸簽訂ECFA」。在指代中國大陸的時候，使用「大陸」或者「內地」是比較中立的說法，也是泛藍的原則，而泛綠則更習慣於直接使用「中國」，當然最諷刺的可能就是稱呼對岸的中國大陸為「貴國」了。

　　當越來越多的年輕人把「我是臺灣人」當作最能描述自己身份狀態的表述方式的時候，這意味著臺灣自主意識的空前盛行。如果海峽兩岸的聯結紐帶可以從三個層面——文化、經濟和政治——分別剖析的話，那麼文化上自然是一脈相承的炎黃子孫，侯德健創作的《龍的傳人》打動兩岸無數同胞正是體現了中華民族的文化共同體意識；經濟上，臺灣在發展速度上的優勢已經蕩然無存，大陸三十年如一日的高速增長讓這個最大的發展中經濟體

成為全球聚焦的奇蹟，為了更有效地拓展大陸市場，臺灣也將不可避免地加強與對岸的經貿合作，ECFA的簽訂更是大勢所趨；然而政治上，兩岸的隔閡雖然有所緩和，但彼此間的認同感依然很模糊，尤其是臺灣民眾對大陸的認同。臺灣的主流民意不太願意接受由中南海直接管理臺灣的政治安排，至少在目前兩岸政治模式的差異下是很難實現的。

　　如果說「千島湖事件」之前，臺灣的主流民意還是偏向於認同「我是中國人」的話，那麼事件之後的民意轉變倒真的讓大陸方面有些始料不及。後來，在大陸的輿論導向中，「千島湖事件」被刻意淡化甚至是迴避了，絕大多數的大陸年輕一代甚至對這一事件渾然不知，自然也無法理解臺灣民意的歷史走勢。大陸著名的純淨水品牌「農夫山泉」在廣告宣傳中強調，它所生產的天然水產品取材於千島湖水庫，Christine告訴老陳，這則廣告不經意間再次喚醒了臺灣人對於那段不愉快歷史的回憶。幸好「農夫山泉」並未進駐臺灣市場，不然會為這則廣告追悔莫及吧。

　　對於「我是中國人」的認同感逐漸降低，但卻並不否認「中華文化」的根基所在，於是一個具有臺灣本土特色的表述方式——「華裔臺灣人」——誕生了。這一說法的始作俑者如今已經很難考證，但是時任黨主席的遊錫堃在2006年的民進黨二十周年黨慶大會上宣稱自己是「華裔臺灣人」，還是引起了不小的輿論反彈。冥冥之中，一些臺灣人一直在尋找著一種準確或者接近準確的方式來詮釋他們微妙而模糊的身份，「華裔臺灣人」的概念似乎在某種程度上完成了這道使命。

　　大陸民眾很困惑：臺灣人為什麼不願意把自己歸類為「中國人」？即便內心是認同這個身份的，為什麼也要提心吊膽地才敢說出來？究竟是什麼原因讓臺灣與大陸漸行漸遠？

　　俗話說：冰凍三尺非一日之寒。「千島湖事件」的確是一個分水嶺，但這一事件本身爆發的能量或許還不足以顛覆民意的走勢，這一個案的悲劇倒更像是一個導火索，點燃了積怨已久的民意火山，比前段時間北歐火山爆發釋放的能量還要驚人。

　　「千島湖事件」之後，大陸的對臺政策並沒有根本性的變革，臺灣方面也經歷了李登輝和陳水扁兩位逐漸背離「一中架構」的決策者。多種因素的綜合，導致臺灣人的自主意識進一步強化，對於廣義「中國」概念的認同感與日劇減。

　　那麼對於今天中國大陸的決策者而言，非常有必要慎重地審視自身對臺政策的優勢和弊端，因為總結之後才有可能提高。大陸這一屆的領導集體幸運地遇到了藍營執政，「臺獨」的壓力自然相比於上一屆要小得多，但是今後如果再遇到綠營執政，是否會比面對陳水扁的時候更有自信也更有技巧呢？要想重新贏得臺灣主流民意的認可，大陸的決策者除了考慮在經貿交往上「讓利臺灣」之外，更要優化自身的執政模式，提高執政能力。只有這樣，臺灣民眾才可能對海峽對岸的政治實體產生好感，當前這種漸行漸遠的民間認同尷尬也才可能有所改觀。

〈一位陸生眼中的「飛彈尷尬」〉

　　交換生活不溫不火地繼續著，不過平靜中似乎總是蘊藏著一股試圖打破平靜的力量，而老陳發表在《中國時報》上的評論──〈一位陸生眼中的「飛彈尷尬」〉，以及之後所引發的一系列風波，正是印證了這樣的猜測。

　　老陳之前也曾多次為各類中英文的學術期刊和報紙雜誌撰寫政策分析和評論，偶爾也引起過小範圍的關注，但是從未像這篇文章這樣，激起如此大的反應，甚至不乏極端偏激的評論，實在是讓老陳有些招架不住。好在島內的主流學界和政界對這篇文章還是以支持和鼓勵為主的，這也給了老陳繼續堅持「理性探討，謝絕衝動」原則的動力。

　　為了更加客觀地描述這場風波，老陳首先把發表在《中國時報》上的全文黏貼在這裡，供讀者瀏覽：

一位陸生眼中的「飛彈尷尬」

*2010-04-19中國時報【陳爾東】

　　筆者來政治大學做交換學生已近兩個月，很多切身的體會。感觸最深的就是，在兩岸關係的互動中，主權並不一定完全沒有

商榷的餘地，只有利益的共享才是永恆的主題。以往北京熱中於把海峽對岸的臺北定位成一個與祖國母親走散多年的遊子，如今已經開始調整稱呼，把「遊子」升級為「兄弟」，而「兄弟論」折射的正是一種基於對等平臺的務實態度。

　　然中國大陸一方面正視現實，採取更加理性務實的態度處理兩岸關係；另一方面，卻依然固守著理論和實踐的困境，難跳出思維定勢的怪圈。最讓筆者費解的就是矗立在東南沿海的對準臺灣的飛彈。北京一方面積極推行兩岸經貿協定的簽訂，希望透過經貿「讓利」籠絡民心，另一方面卻完全沒有意向撤除或者後移飛彈。對於飛彈的堅持，可能是目前大陸對臺政策中最任性也最值得商榷的一條。

　　首先，按照大陸現在的軍事能力，即使把飛彈後撤到新疆的塔里木盆地，也依然具備了涵蓋臺灣的射程能力。所以在大陸的東南沿海，也就是臺灣海峽最敏感的地帶，並沒有架設飛彈的必要性和緊迫性。

　　其次，飛彈對於大陸來說只是一層安全再保障，起的是「錦上添花」的作用，而對於臺灣而言卻是縈繞在視野不遠處的陣陣陰霾，是揮之不去的恐慌之源。鑒於海峽兩側完全不均衡的力量對比，大陸方面更應該保持克制，有所讓步。

　　再者，就像美國對臺軍售早已不是一個單純的軍事議題一樣，飛彈的存廢更是一個充滿象徵意義的符號。大陸的「讓利」能否落到實處，不僅僅取決於ECFA能否成功簽署，更重要的是善意的釋放是否真誠。如果一方面強調兩岸同根同源是一家，另外一方面卻又把飛彈對準自家「兄弟」，倒真有點自相矛盾。如果大陸願意後撤飛彈，那麼對於臺灣而言絕對是一個切實的讓步，這遠比領導人在媒體面前強調「兄弟論」更讓人信服。

　　不少大陸同學很難理解年輕一代的臺灣人所持有的「Taiwan Identity」論，也不清楚「臺灣自主意識」，更難以設身處地地理解臺灣人的艱辛，尤其是這種飛彈臨頭的安全困境。許多臺灣人去過大陸，而能來臺灣的大陸人只是一小部分，尤其是像交換生這樣可以待上將近半年的，就更是鳳毛麟角了。

　　如果大陸學生來臺之後，能在遊山玩水之餘深刻解讀臺灣同齡人的想法，尤其是關注兩岸關係的未來走向在年輕人思維中的映射，會更具長遠意義。畢竟當我們這一代，不管是大陸同學還是臺灣同學，分別成長為兩岸社會的中流砥柱的時候，很多人將會走近或是走進對臺工作和對陸工作的核心決策圈，那麼屆時雙方能否摒棄固有偏見，坦誠面對，將會是至關重要的。

（作者為旅美大陸留學生，目前在政治大學外交系擔任交換學生）

　　記性不錯的讀者可能會有些印象，這篇文章的論述核心其實在本書第十一章的《身在寶島　觀察大陸　感悟差異》中就已經有所交代。寫作這篇評論的時候，老陳實際上是在尚未發表的書稿中節選了相關的篇幅，整合之後成文。

　　的確，溫總理在今年兩會上重申的「兄弟論」一直讓老陳記憶猶新，而如何實現「兄弟論」與「飛彈現實」的政策一致。也就是說，如何在實踐操作上真正落實兩岸情同兄弟的手足之情，始終困擾著老陳。所以在4月中旬的時候，老陳系統地梳理了之前的各種想法，綜合之後寫就了這篇〈一位陸生眼中的「飛彈尷尬」〉。和《中國時報》聯繫之後，文章順利發表在了4月19日出版的報紙的A16版上。而在同步更新的「中時電子報」的網站上，這篇文章被放在了「名人觀點」的欄目裡，這倒讓老陳有些受寵若驚，畢竟自己還只是一位尚不滿21歲的大學生，被誤認為是「名人」實在是有點尷尬。

　　上午在宿舍準備完下午課程的論文之後，老陳搭乘校車前往山下校區，在「7-11」買了三份當天的《中國時報》，帶回去正好給老爸老媽留做紀念。說實話，雖然老陳之前也曾發表過十多篇文章，但一大半都是英文的。為數不多的中文作品中，有些還是發在「中國選舉與治理網」這樣的電子平臺上的，所以爸媽一直不太有機會看到或是看懂我發表在傳統媒體上的文章。

　　記得09年暑假在紐約實習的時候，老陳曾為大陸的《光明日報》撰寫過兩篇時評，分別是〈年輕市長抄襲引起的公信力質疑〉和〈在路上的中國智庫〉。《光明日報》是全國性的官方新聞媒體，曾在70年代末發表過具有深遠影響的〈實踐是檢驗真理的唯一標準〉一文。《光明日報》一直以來也是中共黨報系列中的傑出代表。能在這樣的平臺上發表文章，老陳的爸媽甚至比老陳更開心。尤其是老爸，他曾在公認的「黨報一號」——《人民日報》的頭版上發表過評論文章，所以很欣慰地看到自己的兒子也可以繼承自己的天賦和愛好，在類似的平臺上嶄露頭角。

　　可惜家鄉小城上訂閱《光明日報》這樣傳統黨報的機構實在不多，後來還是勉強在區委區政府找到了一份，協商之後借了過來，放在家裡留作紀念。費盡周折找到《光明日報》的過程，倒也是有些意思。事實上，就連區裡的稅務局、財政局之類的職能部門也不訂閱這份報紙，看來黨報真的越來越低調了。

　　所以這次在《中國時報》上發表了文章，老陳自然要多買幾份，帶回南京之後也讓老爸老媽留作收藏和紀念。父母總是孩子最忠實的聽眾和觀眾，他們見證孩子的成長，無私地奉獻和付出，而孩子的每一點進步和成就，都會讓他們倍感欣慰。老陳18歲開始前往異國他鄉獨自求學闖蕩，無法經常陪伴在父母左右，

所以能夠和他們分享發表文章的喜悅，是一件很有成就感也很溫馨的事情。

因為這篇評論的開頭和結尾都強調了作者的「政大交換學生」的身份，而且最後兩段也表達了老陳作為一名大陸學生的個體，對於整個「赴臺交換生」群體的一些建議和期待，所以老陳感到有必要和校園裡的其他大陸同學通通氣，同時也試探下大陸同學對於文中論點的認同和接受程度，於是便以群發郵件的方式，跟政大的大陸同學們分享了這篇文章。

郵件發出去之後，各式回覆接踵而至，大多是以稱讚和鼓勵為主，也不乏嚴肅理性的深度探討。比如廈門大學的鵬程同學，就提出「飛彈真的撤到新疆之後」甚至可能會讓與之相鄰的吉爾吉斯斯坦顧慮重重，思維方式很是縝密。

當然也有一些反對的意見，比如老陳就收到了一份沒有署名的郵件，後來得知是復旦大學的同學發送的。郵件的標題是〈評「飛彈尷尬」一文〉，行文措辭也相當嚴厲，開頭第一句便是「那篇文章政治立場嚴重錯誤，經過美國人洗腦的結果，即一切向錢看、還有美國賴以建國的洛克契約說。至於對等政治實體說，完全是胡扯蛋。」郵件後半部分還附上了作者和另一位復旦大學交換生的MSN聊天記錄，兩人你一言我一語地批判著這篇「政治立場嚴重錯誤」的文章，雖然沒頭沒尾顯得有些唐突，不過讀起來倒也挺有趣味。老陳回了一封語氣的溫和的郵件，解釋了對方郵件中提出的幾點疑問，只是後來也沒收到回覆。

而真正讓這篇文章的關注率直線飆升的原因可能是，在當天的午間時段，該文的電子版被「中時電子報」編輯置頂到了網站的頭版頭條，並以紅色標題「陸生眼中看到『飛彈尷尬』」作

注，在頭條的位置停留了至少三個小時。數百條網友評論，五花八門，其中不乏離譜的謾罵，或者驢唇不對馬嘴的空洞指責，老陳也只好一笑置之。

　　午餐時分，老陳在憩賢樓餐廳偶遇好朋友韓曉燕和朱東君，話題又不可避免地涉及到了這篇文章，兩位也都看到了網友評論，建議我不要太在意偏激的言論，堅持自己「就事論事」的中立路線。

　　用完午餐之後，老陳直奔周一下午的「兩岸關係」的課堂。只見趙建民教授像變戲法似地拿出一打老陳文章的複印件，分發給班上同學瀏覽，人手一份。這可辛苦了美國同學Drew，他查了半天字典才把文章讀完，並且向老陳「強烈抗議」，要求老陳下次發表的文章要盡可能的「simple」。老陳欣然答應了Drew的要求。

　　再仔細看了下趙教授發下來的複印件，擡頭上寫的是「剪報資料卡」，落款是「行政院大陸委員會」。看來「陸委會」的效率頗高啊，文章剛在《中國時報》上發表了幾個小時，便已經被「陸委會」整理並收錄到了剪報資料庫中。

　　趙教授充分鼓勵了老陳的嘗試，也對文中的觀點表示支持。班上的同學，包括正在經濟部任職的Christine和另一位曾是國防部的官員的Michael，也都向老陳表示祝賀。尤其是Michael，在後來的課上一再表示老陳是他見過的最客觀中立的大陸人，能夠「speak in favor of Taiwan」。

　　其實老陳倒是覺得，自己從未刻意地「speak in favor of Taiwan」，我只是「speak in favor of the truth」。如果有更多的大陸民眾能夠客觀和系統地認識到臺海關係的多元性和複雜性的話，我想他們也一定會對老陳的想法產生共鳴的。可惜在發表這篇文章的時候，或者說直到這本書出版的時候，還是有些大陸同胞尚

不能跳出思維定勢的枷鎖,依然對這篇文章耿耿於懷,這也是讓老陳深感遺憾的一件事情。老陳也在課堂上表達了自己的顧慮,告訴趙教授其實不少大陸同學對於此文還是持有保留意見的。趙教授很有風度地安慰老陳,讓老陳絕對放心和寬心,並且進一步表示了對老陳觀點的支持,真有點「雪中送炭」的溫暖。

而這篇文章所激起的波瀾遠不限於政大校園之內,老陳在文章發表的當天便收到臺灣本土一家知名智庫的約稿郵件。網路上,不少網友把這篇文章貼到了大陸和臺灣的各個論壇。大陸最著名的網路社區「天涯論壇」上,就有網友在「臺灣」版塊上貼出了這篇文章,後面的跟帖絡繹不絕,褒貶不一。老陳倒是很欣慰看到了如此兩極化的反應。看來要想在大陸民眾內部實現關於臺海關係的認知一致性,還真是個遙遙無期的浩大工程呢。

今天再去回顧幾個月前發表的這篇「飛彈尷尬」的文章,老陳依然百分之百地堅持自己的論點。而大陸同學的質疑主要集中在兩個方面。

第一個方面是文章開頭的那句「主權並不一定完全沒有商榷的餘地,只有利益的共享才是永恆的主題」。很多人表示:「主權問題是沒有一點商榷的餘地的,老陳這篇文章從開頭就出現了如此嚴重的政治錯誤!」可是,事實情況真的如此嗎?

首先,「商榷」一詞並不等同於「讓步」。老陳強調的是一個雙方協商的過程。畢竟坦誠且創新式的溝通正是化解危機的必要途徑,而這樣的表述並不意味著大陸一定要在「主權」議題上做出犧牲和妥協,所以一些指責顯然是敏感過度了。

其次,不可否認的現狀是,兩岸分區而治已經長達六十多年,如果臺灣的主權問題早有定論,那麼也不會有「臺灣問題」這一說法了。說實話,老陳很不喜歡「臺灣問題」這個短語,臺灣從來就

不是個問題，而且即便當前關於臺海關係依然存在諸多不確定性，這也不是臺灣一方所致，更加確切的表述或許是「華盛頓－北京－臺北」的三方互動。畢竟，作為當前臺海關係的三個至關重要的利益攸關者，美國、中國大陸以及臺灣，應該共同負責，尋求共識，而不是把壓力和癥結全部轉嫁到臺灣之上。這也就意味著，在「臺灣主權」議題有所定論之前，兩岸必須要有創新的思維，慢慢把這個糾纏在一起的複雜繩索解開，尋求突破。

第三，老陳一直覺得，中國大陸的崛起，應該要有更加長遠的規劃空間。如果把大部份精力集中在處理兩岸事務上的話，那麼大陸在未來很可能只能成長為東北亞地區的一個話語掌控者，而如果可以把視野拓展得開闊一些，放眼世界的話，那麼或許會有「意外之喜」，在亞洲之上的平臺有所收獲。正所謂「心有多大，舞臺就有多大」。中南海的視野越寬，政策就會越靈活，未來的發展平臺也會愈加廣闊和多元。

而在老陳看來，一些大陸同學所質疑的「利益的共享」這個表述就更沒有問題了，畢竟當前兩岸互動的的重中之重的確是在維持現狀的基礎上互惠互利，實現「利益的共享」。馬英九上臺之後，兩岸透過「江陳會」所簽署的一系列經貿合作協議，以及已經成為現實的ECFA，均印證了這一原則。

大陸一直樂於強調自己在兩岸貿易中的逆差地位，並且突出其「讓利」原則。不過老陳倒是覺得，過分強調自己的「讓利」性質，倒讓人覺得有些自信不足，畢竟兩岸貿易的本質是一個互惠互利的雙贏局面，而不完全是一個單向傳遞的過程。一百多萬臺商常駐大陸，建廠創業，提供了數以百萬計的就業機會，更加說明兩岸的經貿往來是惠及雙方的。

　　除了文章開頭的這一句，大陸同學質疑的另一方面就是，如果大陸撤出飛彈之後，美國依然堅持對臺軍售，那大陸豈不是吃虧了嗎？老陳覺得，其實這個問題體現了一些大陸同學在單向思考的時候很容易陷入的一個局限性陷阱。如果設身處地地體諒臺灣民眾正在經歷的安全困境的話，很容易體會到，飛彈的確是揮之不去的陰霾所在。那麼既然兩岸是「兄弟」，我們考慮飛彈議題的時候就不能太過自以為是。將心比心是多麼重要。

　　老陳也承認，大陸後撤飛彈之後，臺灣不一定會停止軍購；但是必須要意識到的是，如果不撤飛彈的話，就永遠給了臺北從華盛頓購買武器的正當性借口。

　　這是一個顯而易見的困境。考慮到兩岸的力量對比，大陸更應該通盤考慮，有所讓步。「讓利」不僅是經貿合作，更要在核心安全議題上展現一個崛起中的超級大國的大氣和包容，要有一個長遠的、宏觀的考量。

　　說實話，和大陸的同齡人一樣，老陳也是聽著「臺灣同胞」這樣的說法長大的，也曾毫不猶豫地在政治考卷上寫下：「在『一國兩制』政策的指引下，實現祖國的和平統一」。可是親身來到寶島之後才發現，真心把大陸同學當做是「同胞」的臺灣同學實在是不算多。而「一國兩制」雖然是必要的前提，但並不是疏通兩岸關係的充分條件，政策層面必須要有更加果斷的創新。

　　事實上，不少臺灣人對於大陸的情感非常複雜，可謂是又愛又恨，而這種「愛恨交織」的心理狀態讓老陳在剛開始的時候很不適應，後來也慢慢地習以為常，並且試著尋找更深層次的原因來解釋這樣的現象。

　　整個這一周，老陳不斷碰到看過這篇文章的臺灣同學，他們在恭喜老陳的同時，也表示一個大陸同學能有這樣的看法非常難

能可貴。周四去上李明教授的「中共的國際地位」，李教授主動提到了這篇文章，並且非常開心地鼓勵老陳：「Good Work！」看來外交系一大半的教授都注意到了這篇文章。在李教授的邀請下，老陳向全班同學做了一個簡短的口頭報告，闡述了「飛彈尷尬」一文中的幾個重要論點。

　　而讓老陳感到失望和不安的是，這篇在臺灣同學看來完全中立（有些甚至認為「偏保守」）的評論文章，在一些大陸人士看來卻是政治上完全錯誤的大逆不道，徹底顛覆了他們之前關於兩岸關係的認識。對此，老陳深表遺憾。如果我們墨守陳規的話，那麼我們很有可能永遠只是一隻井底之蛙。前人告訴我們：紙上得來終覺淺，絕知此事要躬行。我們需要尊重和敬畏歷史，但是並無必要盲從歷史教科書，畢竟親身體驗、深入思考之後，很可能會得出迥異的結論。希望隨著時間的推移，會有更多的大陸人理解和認同老陳的這篇「飛彈尷尬」。如果能夠以自己的微薄之力為兩岸互信的構建添磚加瓦的話，老陳感到無比欣慰和自豪。

「陸生來臺」懸而未決，立法委員大打出手

　　立法院打架已經成為臺灣政治生活中的一種常態，局外人也逐漸對不斷出現的「假打假鬧」習以為常。但這次打架，立法委員們拳腳相加的激烈程度實在是有些超出想像，看起來也一點不像是心照不宣的「假打」。而藍綠委員們上演本輪「全武行」的緣由，也是格外牽動兩岸青年學子的神經。事情還得從「陸生三法」說起。

　　「陸生三法」是指針對承認大陸學歷、開放大陸學生來臺就讀的《臺灣地區與大陸地區人民關係條例》、《大學法》與《專科學校法》等三項法案的修正案，所以也有媒體把這三項統稱為「陸生來臺」法案。

　　對於是否開放大陸學生來臺攻讀學位課程，雖然臺灣社會各界已經爭論多時，但是一直沒有形成共識，所以「陸生三法」也一直處於暫時擱置的狀態。

　　那麼「陸生三法」遲遲不能走完立法院程序的關鍵癥結在哪裡呢？老陳認為矛盾的核心還是在於綠營不必要的顧慮，以及其

一直奉行的「去中國化」的策略所致。我們先來看看民進黨籍立委們不歡迎大陸學生的幾點理由便可以見分曉。

　　首當其衝的便是「搶占臺灣學生的就學機會」的說法，可惜這點理由非常站不住腳，甚至讓人啼笑皆非。

　　事實上，臺灣大專院校的招生不足早已成為社會公認的現象，某些私立院校甚至因為經營不善而搖搖欲墜，處在關停的邊緣。老陳當年在華府的時候曾透過視訊向馬英九先生提問他對於「陸生赴臺」的看法（第二章中有細節描述），記憶猶新的便是他使用了「capacity surplus」來形容臺灣高校生源不足的狀態。

　　除了頂尖的六大名校———臺大、政大、師大、清華、交大以及成功之外，臺灣高校很少有機會體驗大陸頂尖大學每年都在經歷的「千軍萬馬擠獨木橋」的盛況，所以「搶占臺灣學生的就學機會」的說法顯然是無稽之談，稍微研究一下每年臺灣的大專院校招生比例便顯而易見。

　　第二個反對的理由是「影響臺灣人就業」。這又是一個偽命題，因為開放陸生來臺與發放工作簽註是兩個截然不同的概念。就像雖然赴美留學簽證日益放寬，但是工作簽證的獲得依然不容易，很多時候美國移民機構甚至需要通過抽簽的方式來決定是否發放工作簽證。所以對於臺灣方面來說，完全可以在有限開放陸生來臺的基礎上，在就業層面進一步規定，有效控制陸生來臺後對於臺灣本地學生就業機會的衝擊。

　　還有綠營一直掛在嘴邊的「文化統戰論」，這就更讓人感到荒唐可笑了。如果真的像民進黨的立委們所言，每一位來到臺灣的大陸同學都背負著「統戰」任務的話，那麼老陳在《中國時報》上發表〈一位陸生眼中的「飛彈尷尬」〉一文，強烈建議北京考慮後撤飛彈，豈不是與「統戰」路線背道而馳了？說實話，「深綠」的一

些邏輯經常讓人哭笑不得，充滿意識形態痕跡的思考模式，讓人不得不懷疑冷戰思維是否在寶島大地上收獲了「第二春」。

三十多年的改革開放之後，大陸早已告別了個人崇拜的「文革」年代，個人主義也逐漸取代集體主義，成為年輕一代大陸學生的寫照。雖然很多大陸年輕人還不習慣獨立思考，但是他們也堅決不願意接受「被思考」、「被結論」的安排。所以即便大陸方面有統戰的想法，也不會輕易寄望於來臺攻讀學位的青年學生的。

以老陳的親身經歷為例，政大的大陸學生曾集體前往「總統府」參觀，大家在青天白日旗的背景下與馬英九和蕭萬長的真人等比例模型拍照，並沒有任何顧慮，根本不是「深綠」想像的那樣具有高度的政治敏感性。因此，如果民進黨硬要把今天的中國大陸想像成北韓的話，實在是不公平也不客觀，我想如今在臺灣的大陸交換學生也是絕對不會認同的。

民進黨內的深綠派，比如立法委員管碧玲，可謂是使出了十八般武藝，強力阻撓「陸生三法」的審議。這位巾幗悍將在4月20日的立法院「教育文化委員會」的會議上也不幸負傷，後來被送到臺大醫院檢查。老陳在立法院的網站上找到了管碧玲女士的主頁，赫然呈現的是一篇題為「中國留學生滯外者百萬，不能就業之陸生所為何來」的文章。管委員在文章中強調，大陸學生留學的首要目的是在海外定居，那麼如果限制大陸學生在臺就業的話，將會違背他們的意願，她因而質疑道：「會來臺的陸生，所為何來？」

作為一名留學美國的大陸學生，老陳非常不認同管委員的說法。如果說上個世紀的大陸留學生更傾向於留在當地就業的話，如今越來越多的留學生考慮回到大陸尋找工作機會。畢竟中國

陸的收入水準比起十年前、二十年前提高了很多，而且新興市場提供了廣闊的創業平臺，所以更應該用一個發展的眼光分析數據。此外，願意來臺灣攻讀本科學位的大陸學生，或許是希望借助這個跳板，在研究所階段再到歐美深造，畢竟臺灣高校的國際化程度遠高於大陸高校的平均水平，所以從這裡啟航，申請歐美名校的難度相比於在大陸念大學要小很多。

港澳高校開放大陸招生之後，相當一部分的大陸學生選擇去那裡就讀是為了方便申請歐美名校，並不一定是衝著當地的工作機會。

比如澳門大學的大陸同學曹晞睿，這學期也在政治大學交換，不過她很快就要轉學到美國的密歇根大學，在北美開啟一段全新的人生旅程。所以，臺灣方面在揣度大陸學生赴臺留學動機的時候，一定要用發展的、動態的方式來解讀，以避免偏差。

老陳在《中國時報》上發表〈一位陸生眼中的「飛彈尷尬」〉的同一天，《聯合報》上刊登了世新大學校長賴鼎銘先生的評論文章——〈臺灣優勢正在影響陸生〉。校長先生在文章結尾強調，「大陸學生如果能來臺留學，對我們所想所為，當然比較能體會。假以時日，自然會變成我們的盟友。以這樣的交流，化解紛爭，共同營造兩岸的和平未來，應該是絕大部分人民所樂見的吧！」

回味校長的這句話，老陳不禁覺得，自己發表在《中國時報》上的那篇「飛彈尷尬」或許會是一個不錯的例證，寫出了一位來臺大陸學生與臺灣深入接觸之後，發自肺腑的感同身受。所以綠營們千萬不要妄自菲薄，也不要過度誇張對岸「假想敵」的「統戰」能量。

　　尤其值得注意的是，開放陸生來臺是一個漸進的過程，初期方案中每年只開放2000名左右的大陸學生來臺研讀學位。如果區區2000名大陸學生來臺之後，就會像綠營描述的那樣，「統戰」臺灣大中專院校的話，那麼臺灣政治民主、社會自由、文化多元的魅力也太過不堪一擊了吧。所以再回顧一下綠營「文化統戰」的論述，如果這不是杞人憂天的話，那麼絕對是危言聳聽的一派胡言了。

　　之前說過，政大校園裡的國際學生人數占到了校園學生人口總數的百分之十，可見臺灣高校的國際化步伐非常堅實。如果臺灣一方面敞開胸懷，擁抱來自五湖四海的青年學生；另一方面卻惟獨把大門向中國大陸的學生緊鎖，不得不說是一種失衡的全球化策略，也讓旁觀者對這樣的小氣感到遺憾。

　　換一個角度分析，如果民進黨擁有更加長遠的思維廣度的話，那麼也會很容易意識到「高校閉鎖」的弊端所在。其實，如果「深綠」真的希望輸出黨派的價值觀，尋求更大範圍的認同的話，更應該歡迎大陸學生來臺。畢竟，要想成為大氣的、有長遠規劃的政黨，採取一味消極迴避的策略似乎並不妥當。如果對於本黨價值取向的優越性和普遍性胸有成竹的話，完全應該擁有「海納百川，有容乃大」的氣魄，這樣才會更讓人尊敬。

　　可惜的是，我們透過媒體看到的是綠營立委一而再，再而三地在立法院上嗆聲，不遺餘力地阻撓「陸生法案」的審議和通過。記得那天立法院大打出手之後，臺灣發行量最大的兩份英文報紙——《臺北時報》和《中國郵報》，都在頭版頭條詳細介紹了立法院打架的「感人盛況」。在臺的各位外籍友人，以及海外關注臺灣的朋友們看到報紙之後，估計都會搖搖頭，嘆嘆氣，失望之情溢於言表吧。

　　當民進黨籍的立委們為了抵制陸生來臺，而在立法院大打出手的時候，臺灣引以為豪的政治文明正在悄然隕落，這個社會的包容和多元的程度也會被大陸學生、歐美學生及其他各地學生一致質疑。因此所引發的連鎖負面反應，恐怕會令「深綠」們大跌眼鏡，措手不及吧。

　　老陳非常希望，臺灣的「國際化」戰略不再暗示著「去大陸化」。時間和實踐終將證明，就像幾十位大專院校校長在立法院所報告的那樣，開放陸生來臺對於兩岸都會有長遠而積極的影響。年輕一代的兩岸學子們衷心期待，歷史遺留下來的敏感爭議不會過度妨礙我們之間的交流和合作。畢竟，要想構建互信和化解危機的話，坦誠溝通將會是必不可少的第一步。開放陸生來臺，自然有利於兩岸的年輕人在人生旅程的啟航階段，結識和了解彼此，釋放善意，融化堅冰。

體育的角力，政治的博弈

　　學期接近尾聲的時候，本賽季的NBA總決賽也決出了勝者，而世界盃的大幕也隆重開啟，全球的體育迷們興奮不已。這一章是老陳在課餘寫的一篇評論，希望可以探究下體育與政治間千絲萬縷的聯繫。

　　作為人類開發潛能和挑戰極限的工具，體育自古以來就被賦予了各式各樣的角色，這個本來很簡單的名詞也不得不擔負起了無數難以承受之重。雖然一直試圖強調和維護自身的純粹性，體育卻始終難逃利益博弈的漩渦。有時候體育可以在這樣的漩渦中如魚得水，左右逢源；而有時候卻又上下撲騰，手足無措。

　　這其中，最明顯的便是體育和政治的關係。雖然有識之士們一直呼籲「讓政治遠離體育」，然而事實證明，這樣的奢望近乎於天方夜譚。事實上，體育本身只是一個競技的平臺，同時也承載著促進溝通和增進友誼的功能。它相當於一個大舞臺，舞臺中央，鎂光燈們聚焦著永不言敗的運動健兒，而舞臺的各個角落，也匯聚了各式各樣的元素，彰顯著這座舞臺的豐富與多元。政治便是舞臺上抹不去的一個元素。

　　一方面，政治，這個在很多人看來生硬嚴肅甚至充滿了爾虞我詐的詞語，需要體育這樣的柔性平臺實現「軟著陸」，起到「四兩撥千斤」的作用。政治的大手無處不在，總希望可以伸進體育的口袋裡一探虛實並最終分得一杯羹。所以，一直以來，大型綜合性運動盛會都是主辦國笑迎四海賓朋，展現自身國力的絕佳平臺，體育與政治良性互動，相得益彰。

　　當然這也不是絕對的，有時候當權者也樂於借助體育這樣的工具，實現粉飾自己統治的目的。最為臭名昭著的例子當然就是1936年的柏林奧運會了，希特勒像神一樣籠罩著這屆盛會的每一個角落，而在他的「神助」之下，德國代表團輕而易舉地把33塊金牌攬入懷中，法西斯式的個人崇拜在這裡一展無疑。

　　而更多的時候，體育是和平的紐帶，傳遞著和解與尊重，凝聚著跨越國別和種族的愛恨情愁。悉尼奧運會開幕式上，北韓和南韓代表團的選手們伴隨著民謠〈阿里郎〉的旋律攜手入場，「三八線」兩側的運動員們半個多世紀以來第一次在奧運開幕式上同時入場。當畫有朝鮮半島圖案的奧林匹克特製旗幟迎風飄揚的時候，人們絲毫看不出來過往的戰爭以及長久的隔離為這個苦難的民族帶來了多大的創傷。在那一刻，映入人們眼簾的只有和平與包容，此情此景也讓見證這一歷史時刻的觀眾們無不為之動容。這段借助體育的平臺實現政治對立「軟著陸」的妙舉也一直被傳為佳話。

　　另一方面，體育也離不開政治。現代奧林匹克的每一次盛會，都已經演變了一個複雜而龐大的工程，需要主辦城市在基礎設施、場館建設、人文服務等多條戰線上齊頭並進。這也意味著，為了舉辦一次成功的大型綜合性運動會，主辦城市一方面需要得到所在國家的財政支持，避免場館建設因囊中羞澀而半途而

廢；另一方面也少不了市民們的支持，才能在賽事的前期準備和舉辦的過程中營造一個積極友好的總體氛圍。

盛會準備完畢之後，主辦方便摩拳擦掌地期待著各路賓朋大駕光臨，可有時候這個環節會很遺憾地出故障。比如北京奧運之前，很多人權組織藉著對西藏、達爾富爾亦或是緬甸問題的關切，大打「抵制北京奧運」的牌，試圖讓北京做出政治妥協。而一番博弈和妥協之後，北京奧運依然如期開幕，包括時任美國總統布希在內的多國首腦隆重出席，也算是化解了之前「抵制奧運」的危機。

除了與政治相互依存的關係之外，體育圈本身也是一個炫麗奢華的政治舞臺，當然也就不乏選票的博弈，有時候甚至會出現選票的交易。鹽湖城冬奧會的申辦賄選醜聞便是一個臭名昭著的案例，而東道主美國在這屆奧運會的開幕式上展出了一面從世貿廢墟中挖掘出來的國旗，更是激起了關於「過於政治正確」的非議。

2001年7月，莫斯科，北京申辦2008年奧運會正進入最後衝刺階段，而新一屆的國際奧委會主席也將在申辦城市揭曉的三天之後選舉產生，於是兩場競選之間便有了非常微妙的連環套，兵書上描述的「合縱連橫」在莫斯科上演了現實版。

而這場錯綜複雜的「投票迷局」時隔八年之後依然風波未定。2009年，已經退休的前北京奧申委執行主席袁偉民出版了《袁偉民與體育風雲》一書，重現了當年莫斯科會場的風雲變幻，並指責時任國際奧委會副主席的中國籍委員何振梁背信棄義，陷北京於尷尬境地。由於何振梁一直被奉為北京申奧成功的功勛人物，因而此書一出，引發一片嘩然，各方爭議接踵而至。當奧林匹克所宣揚的國際主義與國家利益和個人前途交鋒的時候，孰輕孰重，著實難以把握。

　　海峽兩岸的體育工作者們也從來未曾免俗，敏感的對政治峙讓本已不堪重負的「體育」一詞在這裡延伸出了新的內涵。很多年以前，北京申奧的時候，臺北方面舉棋不定，不知道究竟該支持還是反對。對於那段歷史，臺灣唯一的國際奧委會委員吳經國後來在他的口述自傳──《奧運場外的競技：吳經國的五環誓約》中，披露了鮮為人知的博弈和糾葛。雖然當時臺灣已經有一些人士高瞻遠矚地提出要支持北京申奧，並且希望部分賽事可以放在臺灣舉辦，但是良好的願望終究敵不過政治對抗的無情，近在咫尺的奧林匹克聖火在那一刻忽然變得遙不可及。

　　類似的情形還有很多。2008北京奧運會以前，大陸媒體一直是以「中國臺北」來稱呼臺灣的體育代表團，而根據兩岸在1989年簽署的協議，臺灣地區代表團赴大陸參加體育比賽時，賽事組委會應在正式場合對其使用「中華臺北」的名稱。因而北京奧運開幕之前，兩岸關於究竟是「中華臺北」還是「中國臺北」的一字之差引發了一場不大不小的摩擦，經過協商，最終達成共識，雙方同意採用「中華臺北」這一名稱。大陸的官方媒體，包括新華社和中央電視臺，也在當年7月開始改稱臺灣代表團為「中華臺北」。

　　然而一波未平，一波又起。為了凸顯中國元素中的漢字精華，北京奧運會開幕式決定以參賽國中文名稱的筆畫順序入場，這也就意味著「中華臺北」將會和「中國香港」相鄰登場。此番安排在臺北方面看來有「矮化」之嫌，於是又是一番交涉與協商，雙方最終決定在「中華臺北」和「中國香港」中間加入「中非」代表團，不論後者屆時派不派出代表團參加。

　　8月8日，北京奧運盛大開幕，鳥巢上空五彩斑斕的焰火渲染著大江南北的舉國歡騰，壯麗恢宏的開幕式既展現了「同一個世

界，同一個夢想」的奧林匹克精神全球化理念，又把中國元素的神奇和精巧勾勒地淋漓盡致。「體操王子」李寧在空中漫步，優雅地點燃主火炬臺的創意，更是呈現了藝術和體育的完美結合，並把整場開幕式推向了最高潮。

中央電視臺（CCTV）對於這場開幕式的轉播後來也受到了一些爭議，不少網友對比了NBC的轉播版本後發現，CCTV的版本中鏡頭切換多次出現偏差，錯過了最佳角度的呈現。然而老陳倒是覺得，眾口難調，尤其是北京奧運開幕式這種舉國關注的場合，觀眾還是應該稍加寬容一些，畢竟整個演出和製作團隊所承擔的高壓，是我們觀眾置身其外時很難想像的。

由於奧運開幕正值馬英九政府上臺後兩岸關係難得的「蜜月期」，更為重要的是開幕之前兩岸已就代表團的稱呼和出場順序等涉及政治敏感性的細節逐一敲定，所以時任國民黨主席吳伯雄、國民黨榮譽主席連戰以及親民黨主席宋楚瑜等，均有出席開幕式。

而開幕式上又出現了一個值得玩味的細節。各國家或地區代表團入場的時候，CCTV的轉播鏡頭都會聚焦貴賓席上觀看開幕式的相關元首或元首代表，彰顯呼應。當中華臺北走進體育場的時候，鏡頭首先對準的是主席臺上的中國國家主席胡錦濤，之後才切換到了出席開幕式的諸位藍營政治人物。這個設計在老陳看來意味深長，很值得玩味。整場儀式看下來，老陳發現，除了西班牙代表團入場時，CCTV給了前任國際奧委會主席薩馬蘭奇先生一個特寫外，其餘都是從跑道上的代表團直接切換到貴賓席上的領導人。包括中國香港入場時，CCTV的鏡頭也是第一時間對準了特首曾蔭權。對於轉播中鏡頭切換的這一細節，不知道綠營是否覺得有「矮化」臺灣之嫌呢？

　　北京奧運落下帷幕的十一個月後，也就是2009年7月，第八屆世界運動會在高雄開幕，大陸也派出了代表團參加，不過在開幕式上採取了「技術性迴避」的策略。當馬英九先生以「中華民國總統」的身分在世運會開幕式上致詞時，五星紅旗後的大陸代表團方陣空空如也，頗有些尷尬。事實上，圍繞這次世運會上的政治敏感細節，兩岸在開幕之前也進行了坦誠的溝通。高雄市長、綠營悍將陳菊親自出馬，於當年5月在北京會見了大陸的國家體育總局局長劉鵬，並立下軍令狀，保證大陸運動員在高雄期間的安全，同時也堅持對大陸代表團採用「中國」而非「大陸」的名稱。一個有趣的細節是，會晤當天，陳菊披上了一條綠色的圍巾，而劉鵬則繫上了紅領帶，兩人的政治立場一目了然。

　　喬治城大學（Georgetown University）的教授Victor Cha是一位亞洲問題專家，曾經擔任朝核問題六方會談美國代表團的副團長。在他2008年出版的論著———Beyond the Final Score: The Politics of Sport中，Victor Cha詳細闡述了體育成績對於民族主義情緒的刺激作用，並且強調在集體主義文化盛行的亞洲，民族主義的焰火更容易被體育點燃。根據Victor Cha的理論，這些年來亞洲國家爭相申辦國際大型綜合性運動會的動機似乎也就容易理解了。

　　這其中，奉行「舉國體制」的大陸體育界也一直追逐著各式運動盛會的主辦權。2010年，亞運會將在廣州舉辦；2011年，世界大學生運動會將在深圳開幕；2013年，東北亞運動會落地天津；而2014年，全球各地的青少年將齊聚南京，參加青年奧運會。而成功舉辦了世界運動會的臺灣，也摩拳擦掌，期待著更多的國際運動盛會在這裡落地。

　　對於兩岸的體育界而言，這也意味著會有越來多的接觸和切磋的機會發生在咫尺相隔的海峽對岸。競技場上的較量背後，注

定也預示著更多跨越海峽的溫情攜手。北京奧運會的開幕式上，高金素梅領銜的臺灣原住民文化演出讓大陸觀眾領略到了原汁原味的臺灣傳統文化，一些激動的現場觀眾甚至喜極而泣，感慨於這組來自海峽對岸的元素。

　　感動之餘，也會有更多的期許。或許今後的某一天，奧林匹克盛會上，兩岸的體育代表團也可以攜手入場，拼團參賽，讓高高飄揚的五環旗幟再次見證和解與包容的偉大。

ECFA「雙英辯論」

本周注定是值得紀念的一周。

周一，老陳在《中國時報》上發表〈一位陸生眼中的「飛彈尷尬」〉，引起廣泛關注，被譽為是來自中國大陸的難能可貴的客觀姿態，當然也少不了反對的聲音，有些尖銳的批評甚至已經不是「刻薄」可以形容的了。

周二，立法委員們大打出手，一直懸而未決的「陸生三法」繼續僵持著，立法院不得不再次將討論時間延後。

周五，「世紀大辯論」登場，馬英九總統與民進黨主席蔡英文就ECFA議題公開辯論，引發強烈的輿論關注。

如此充實的一周，難怪老陳的情緒一直處在亢奮狀態，連續幾個晚上睡眠不足。

而此時的中國大陸尚未完全從青海地震的巨大悲痛中恢復。繼兩年前的汶川地震之後，這一次，孩子們再次在地震中遭受重創。質量不過關的校舍導致大量學生在地震中遇難，天災與人禍交織在一起，雪上加霜，家長們脆弱的心靈又該用什麼去撫慰呢？

入圍2009年奧斯卡「最佳記錄短片」提名的《劫後天府淚縱橫》（China's Unnatural Disaster: The Tears of Sichuan Province），關注的正是在汶川地震後被夷為平地的學校建築，不幸遇難的學生，以及悲痛欲絕的家長們。老陳印象深刻的的一個場面是，為

了阻攔遊行前往德陽市政府的遇難學生家長，時任綿竹市委書記的蔣國華，多次在鏡頭前下跪，央求家長們不要上訪。市委書記的驚天一跪，某種程度上顛覆了傳統的「官本位」思想，可惜於事無補。傷害既然已經造成，亡羊補牢顯然已經無濟於事。人們不禁要問，為何在校舍的建設過程中不能嚴格把關呢？為何教育投入總是只占GDP的一個零頭呢？而反腐敗的機制為何總是錯過那些漏網之魚，導致教育系統，尤其是校舍工程的建設中，充斥著裡應外合的腐敗現象呢？

和兩年前一樣，青海玉樹地震之後，媒體關於校舍質量的報導再次被淡化。官方媒體們依然熱衷於刻畫領導人深入一線慰問災民的感人場面，營造萬眾一心抗災救災的和諧畫面。

事實上，每當災難發生的時候，官員第一時間出現在現場，指揮救災，的確體現了大陸領導人的親民姿態。但是不可忽略的是，一個成熟有效、分工明確的災難應急機制，才是更為關鍵的抗災手段。畢竟，個體政治人物的個人魅力總是有限的，常態化的制度力量才是更加穩定和可持續的。事實上，官方媒體刻意地淡化校舍質量的不堪一擊，卻依然阻擋不了有識之士們對於這個老大難問題的關注。大陸知名童話家、慈善家鄭淵潔，就在央視直播的賑災晚會上發出振聾發聵而又發人深省的聲音：「學校應是世上最堅固的建築！」

而5月1號，也就是青海地震發生兩個多星期之後，上海世博會就將閃亮登場。這是繼2008年北京奧運會之後，中國大陸舉辦的又一世界盛會。上海世博會正式開幕之前，組委會為了測試世博園區的接待能力，進行了一段時間的試運行。而在試運行的第一天，世博園區便湧進了超過20萬遊客。開幕之後的日遊園人數，更是曾經突破一百萬大關。

　　前有「玉樹地震」，後有「上海世博」。可以預見的便是，在臺灣上下引發激辯的ECFA議題，在海峽對岸卻並未激起太多波瀾。除了辯論當天和第二天，大部分大陸媒體在關鍵版面做了報導之外，前期的鋪墊和後期的追蹤報導均非常有限。不過在臺灣，ECFA辯論的意義非同凡響。這是臺灣有史以來，朝野領袖首次就重大公共政策展開辯論，也是二次政黨輪替後，兩黨主席的第一次公開政策對話。兩位主角的名字中均有「英」字，因而這場辯論也被冠以了「雙英會」的頭銜，而由於「雙英會」的意義重大，一些媒體又把它炒作成「世紀辯論」。

　　不管這場辯論被冠以怎樣的名稱，ECFA在寶島所引發的一系列激烈討論是有目共睹的，不然也不至於總統先生和在野黨領袖需要借助公開辯論的方式進行政策宣導與說明。辯論的內容無須贅言，想必讀者朋友們也都有關注。即便有些人本來對此興趣不大，在媒體的狂轟濫炸下也不得不被動接納，這或許便是臺灣發達的媒體產業所帶來的成果之一吧。

　　整場辯論中印象比較深刻的是，馬英九不止一次地引用《紐約時報》專欄作家保羅·克魯格曼的結論。克魯德曼是諾貝爾經濟學獎得主，他一直對於兩岸簽訂ECFA持正面預期，多次表示支持海峽兩岸的雙方簽署自由貿易協議。不過老陳倒是沒有想到，總統先生會在這樣的場合引用經濟學家的結論為自己「撐腰」。就像蔡英文反駁的那樣，政治人物在決策的過程中需要通盤考慮，與經濟學家的思考模式有著明顯的區分。辯論中的這個細節或許是值得再探討的。

　　除此以外，應該說馬英九在此次辯論中的表現相當不錯，準備充分，語氣自信。第二天出版的各大報紙，除了《自由時報》之外，大都把票投給了馬英九。另外一方面，作為在野黨的

領袖，蔡英文的表現亦可圈可點，在關鍵信息完全不對稱的前提下，能有這樣的表現也是難能可貴的。

尤其讓人欣喜的是蔡英文在當天辯論現場的理智發揮，並不同於往常綠營留給人們的較為激進的印象。這或許是因為蔡英文屬於學界出身的官員，沒有群眾運動的經歷，表達方式上更為溫和一些，與民進黨內的其他女性官員───呂秀蓮和陳菊等，有著明顯的區分。

總而言之，能在臺灣看到朝野領袖公開辯論的現場直播，老陳已經非常欣慰了。不知道什麼時候，我們也能在中國大陸看到政策的制定者與反對者進行公開辯論，那絕對是具有開創歷史的突破意義的。

真理總是越辯越明，一邊倒的贊成和擁護只會讓人有種不真實的虛幻感。畢竟，再接近完美的政治人物也無法得到所有選民的認同；同樣的道理，任何公共政策都無法做到讓所有人滿意。

只有明白了這個道理，中國大陸的官員方能在決策過程中更加耐心地傾聽反對的意見，確保萬無一失之後再落實政策，防止倉促上馬之後的混亂與不科學。以胡錦濤先生為總書記的中國大陸第四代領導集體，一直在提倡「以人為本」的「科學發展觀」，那麼要想實現真正意義上的「科學」，集體決策與政策辯論是必不可少的條件。

回到ECFA本身。其實自從藍營上臺之後，與大陸簽訂綜合性經貿合作協議的計劃便被炒得火熱，先前的幾輪「江陳會」更是為協議的最終簽訂做了充分的預熱。然而就像「熊貓來臺」、「陸生三法」等一系列牽涉到對岸的政策議題，在臺灣都會演變成意識形態的紛爭一樣，ECFA終究也未能免俗，藍綠兩個陣營分別為對方貼上「賣臺」的標籤，爭的面紅耳赤，不可開交。

　　有趣的是，雖然臺灣島內關於ECFA的爭論絲毫沒有煙消雲散的意思，但是島外對於ECFA的簽訂卻是近乎一邊倒的支持。這正是「當局者迷，旁觀者清」的真實寫照，或許一部分當局者也只是假裝迷糊罷了。駐臺灣的美國商會、歐洲商會、日本商會均毫無例外地大力支持兩岸經貿協定的洽談。對於這些國家的駐臺企業來說，ECFA簽訂之後，意味著中國大陸的廣闊市場頓時觸手可及，有百利而無一害。另外，駐臺北的各家海外媒體的記者，也大都地力挺ECFA，期待兩岸經貿合作再上一個臺階。而東協（ASEAN）各成員國也有意向在兩岸完成ECFA的談判之後，與臺灣接觸磋商，簽訂類似的自由貿易協定。

　　一個不爭的事實便是——貿易是臺灣經濟的命脈。史上鼎鼎有名的淡水港和打狗港，便是臺灣海上貿易蒸蒸日上的真實寫照。不過因為臺灣在國際政治舞臺上的特殊定位，它與其他經濟體簽訂自由貿易協定的難度非常大。到目前為止，臺灣只和中南美的五個邦交國簽訂了自由貿易協定，分別是巴拿馬、瓜地馬拉、尼加拉瓜、宏都拉斯和薩爾瓦多，而臺灣與這五個國家的貿易額只占其對外貿易總量的0.18%，所以象徵意義遠大於實際功效。

　　而對於臺灣來說，能否在東亞區域經濟整合中占據一席之地，避免被孤立的尷尬境地，是個具有緊迫性內涵的議題。解決這一問題的靈丹妙藥，便是與中國大陸進行ECFA談判，為加快融入地區性和全球性的自由貿易區創造機遇。

　　自然，對等的原則一如既往的非常重要。雙方的談判機構——海協會與海基會，是對等的半官方機構，協議的內容也不會涉及到「一國兩制」、「統獨爭議」等政治內容。

　　為了避免矮化，尤其是為了與港澳的政治地位做區分和切割，臺灣方面特意強調，協議的名稱定為ECFA（Economic Coop eration Framework Agreement），而非中國大陸與港澳簽訂類似協議時所使用的CEPA（Closer Economic Partnership Arrangement）。其中最為精彩的便是字母「A」的內涵，在ECFA中，「A」代表「agreement」，也就是「協議」的意思；而在CEPA中，「A」是「arrangement」的縮寫，表示「安排」。前者明顯比後者更正式，也更能反映雙方在協商時的對等原則。

很多年之後，大家再回顧ECFA的艱辛談判歷程的時候，或許會發現，我們今天非常在意的細節，其實都是可以忽略不計的。畢竟能為兩岸民眾帶來切實的福祉，才是ECFA的核心使命。那麼為了這樣的一個終極目標，在過程中有所讓步、友好調整，是非常關鍵，也是在所難免的。

當然，ECFA並不是萬能的，它的簽訂勢必會對局部產業構成衝擊。畢竟全世界任何一條自由貿易協定，都會不可避免地對一些弱勢產業造成負面影響。ECFA簽訂之後，難免會衝擊臺灣本地內需型和勞動密集型產業。好在政府做了充分的預案，更為重要的是「早期收獲」的條款將充分考慮到臺灣弱勢產業的顧慮，實行漸進的開放策略。

而且兩岸也有共識，不開放大陸農產品來臺。這對於臺灣的廣大農民來說，絕對是一個重磅的利多消息。

另外，海協會與海基會都做好了長期談判的準備，預留了充足的時間，所以非常有可能花費十年以上的時間，敲定完整的細節，並不會倉促行事。

「雙英辯論」的第二天，趙建民教授也在課上組織了一個同學間的辯論。分組的時候，老陳，還有班上的諸位臺灣同學，不約而同地選擇了「支持ECFA」的正方。大家會心一笑，原來默契就是這樣誕生的。的確，老陳堅信臺灣的主流民意還是傾向於簽

訂ECFA的，畢竟臺灣的經濟要想融入亞洲，走向世界，ECFA勢在必行。

幾天之後，老陳又去了一趟世新大學，參加經濟部長施顏祥所做的題為「兩岸經濟協議之內容與影響」的演講。

記得施部長在演講開頭做了非常詳細的鋪墊，從弗里曼的作品《世界是平的》，到席捲全島的歌手小胖，再到島內天然氣的來源，讓聽眾一度以為他顧左右而言他。說完這麼多故事之後，施部長進行了總結。他強調人流、物流、資訊流和現金流的全球化勢不可擋，臺灣在全球化的過程中可以做的，便是將利益最大化，傷害最小化。繞了一圈之後，老陳才恍然大悟，原來施部長先前所做的一系列鋪墊為的是引出這樣一條顛撲不滅的真理啊。

的確，全球化的浪潮之下，臺灣沒有理由故步自封。在臺灣這樣一個非常具有創新力的社會，企業家們的創新精神一直有目共睹，政府更應該順應潮流，創造機會，為臺灣經濟的再次騰飛奠定堅實的政策基石。

政大這些人，那些事兒

　　從2月底來到政大，到如今接近學期尾聲，老陳越發深切地喜歡上這所學校。歸期臨近，老陳更加珍惜在這裡學習和生活的時光。

　　說起選擇來政大交換，還有一段小花絮。

　　去美利堅大學上學之前，老陳就獲知該校的國際化路線非常成功，交換學生的項目非常豐富，與數十個國家的上百所高校建立了聯接，學生去海外交換的選擇空間非常寬泛。

　　在美利堅大學與國立政治大學的交換學生項目建立之前，老陳曾在古巴的哈瓦那項目和日本東京的早稻田大學之間猶豫徘徊。前者是社會主義陣營的又一傑出代表，後者則是日本政治及經濟學專業的老牌名校，對老陳的吸引力都很強。不過政大的交換項目於2009年搭建之後，老陳頓時鐵了心，非臺灣不去，絕不再猶豫，選校認準「政大外交系」。

　　申請的過程很是順利。本學期政大向美利堅大學提供了5個交換名額，最後只有老陳一人報名，所以毫無懸念地拿到錄取通知書。此外美利堅大學還向老陳提供了500美元的小額交換學生獎學金，算是小小的鼓勵吧。

　　事實上，美利堅大學裡的大陸同學不算多。其中一部分大陸同學放棄了去其他國家交換的機會，其餘的大多選擇去歐洲交換，像老陳這樣對臺灣情有獨鍾的僅此一例，別無其他。而美國同學中對中華文化感興趣的又大多選擇了北京大學的交換項目，一個很重要的原因是北大的項目的日程安排更加人性化一些，學期結束後依然來得及回到美利堅大學參加暑期課程，因而政大的項目在這一點上不太有競爭力。

　　此外，政大的項目還處在第一年的摸索階段，所以願意來嘗試的同學就更少了，最後竟然只有老陳一人報名，雖然實屬罕見，但也算是可以理解。

　　事實上，如果選擇在政大交換一年的話，老陳還可以申請雙學位的項目，也就是同時拿到美利堅大學和政治大學的學位，這可以讓老陳成為歷史上第一個拿到臺灣高校學位的大陸學生。不過考慮到提前畢業的願望，老陳還是放棄了這個選擇，也就與「第一個吃螃蟹」的頭銜失之交臂了。

　　不管怎樣，能來政大交換，對老陳來說是個千載難逢的好機會。終於可以一睹寶島風光，並且親身感受兩岸分區而治六十年後，臺灣究竟與大陸產生了哪些完全不同的區分。

　　更為重要的是，老陳在政大可以接觸到許多臺灣年輕人，並與他們溝通想法，交換意見，增進共識，縮減分歧。政大作為傳統的人文社科名校，學術資源豐富，學界泰斗雲集，學術環境寬鬆，學習氛圍濃郁，這些都成為了老陳半年臺灣學習生活的寶貴財富。

　　老陳依然清晰地記得，當年還在美利堅大學念大二的時候，政大國際事務學院的鄧中堅教授和李明教授前來訪問，學校方面邀請他們參加了一個小範圍的臺海關係研討會。雖然對那次研討

會具體內容的記憶已經比較模糊，但是老陳至今依然印象深刻的是，兩位政大學者嚴謹開明的治學姿態，以及在演講之後對提問聽眾和媒體的友善謙遜的態度，當時就讓老陳對他們所來自的機構——國立政治大學——心生好感。

機緣巧合，讓老陳倍感榮幸的是，來到政大之後，竟然選到了鄧中堅教授和李明教授合開的「中共的國際地位」這門課。因為鄧中堅教授同時兼任政大國際事務學院（簡稱「國務院」，第一次聽到這個名字的時候可把老陳嚇了一跳，滿大樓地尋找「溫總理」）的院長，公務繁忙，所以大部分的授課任務由李明教授承擔。

李明教授本學期一共有19個學分的授課任務，也就是七門課，剛好和老陳選的學分一樣多。不得不佩服李教授如此敬業的態度。雖然授課任務如此繁重，但是李明教授每次出現在課堂上的時候，總是一如既往的精神抖擻。他的授課方式新穎，不拘泥於教材，每節課都會與全班一同討論那一周刊登在《紐約時報》上的關於中國的文章。

李教授講課的時候時常旁徵博引，激情澎湃。有次下課之後，李教授和老陳閒聊，笑稱自己是全校授課任務最重的一位教授，從「大一的學生一直教到博士」。

學期進行到一半的時候，學校方面又邀請李明教授出任新成立的「韓國研究中心」主任，於是他肩上的擔子又增添了不少分量。

說實話，老陳非常喜歡上李明教授的課。他在學界的人脈頗為廣泛，我們閱讀的多篇學術論文的作者，以及《紐約時報》文章引用的專家，李明教授大多熟識。他偶爾還會向我們介紹這些學界名流們的逸聞趣事，增添課堂的趣味性。

　　印象深刻的是，李教授曾提起，他二十八年前去約翰·霍普金斯大學留學的第一堂課上，曾與鄰座的一位大陸同學就國立政治大學的英文譯名「National Chengchi University」爭論起來。對方堅持「政治大學」的「政治」應該意譯為「Political」，而不是音譯為「Chengchi」，並且搬出大陸的中國人民大學為例，表示後者的翻譯便是「People's University of China」。

　　這場爭論最終不了了之，不過兩位同學也算是「不打不相識」，後來也都成為東北亞國際關係領域的學術精英。有意思的是，多年之後，大家發現，中國人民大學的官方翻譯調整成了「Renmin University of China」，雖然為了避免誤解，舊版的翻譯也在低調沿用。

　　這個故事讓老陳想到了幾個月前剛剛去過的朝鮮，它的國名的全稱是「朝鮮民主主義人民共和國」，英文翻譯是「Democratic People's Republic of Korea」。作為全世界現存的最為封閉和專制的國家，朝鮮的國名中既有「民主」，又有「人民」，還有「共和」。可是遺憾的是，朝鮮既不是民主制度，又未能有效地保障公民的各項政治權利，也與「共和」沾不上邊，實在是莫大的諷刺。

　　看來有時候，名字是一回事，實際情況又完全是另外一回事了。「人大」的英文翻譯從意譯的「People's」調整成音譯的「Renmin」，最大的好處就是讓不懂中文的人士再也看不出其中微妙的端倪，也算是高明的一招。

　　除了校名翻譯的這個小故事之外，李明教授向大家透露的典故還有很多。這些小故事通常用來調解課堂氣氛，非常有效。看得出來，李教授是一位性情中人，自己也承認很容易變得「emotional」。每當談起民進黨執政時期所推行的各種危險的「去中

國化」政策，李教授便很生氣。我們曾經聊到中國大陸動亂的「文革十年」，他不假思索地說道：「其實我們臺灣也有過『文革』，從2000年到2008年」。反應敏捷，一語中的，聽者回味無窮。

剛到政大的第一天，就聽我的學伴瑜安提起過，「李明教授超級藍！」親身坐在他的課堂之後，老陳發現，李教授是真正熱愛臺灣，對寶島有著深厚感情的人。他曾在課堂上痛批美國前總統卡特。在卡特的任內，美國與「中華民國」斷交並與「中華人民共和國」建交，臺灣從此之後陷入外交困境，國際空間與日俱減。說道這位美國前總統的時候，李教授對其任內美國與臺灣斷交一事耿耿於懷，並表示了極大的憤慨和不解。

事實上，很多政治學的教授在課堂上會極力掩飾自己的政治傾向，以維護學術的客觀性，這當然無可厚非。不過那天課上，李教授如此激動一回，倒是非常可愛，全班幾乎沸騰了。

後來聽說李教授在新年的第一天會帶上家人和學生，一同去總統府參加升旗儀式，老陳的欽佩之情油然而生。他對於寶島這片土地的摯愛，深深感動了老陳和班上的其他同學。看來要想成為一名成功的政治學者，並不意味著要時刻保持冷血，恰到好處地激情澎湃一下，反而會事半功倍。

書稿寫的差不多的時候，老陳向李明教授提起，能否瀏覽一下本書，提些意見，李教授欣然應允。能在如此繁重的教學和行政事務中抽出時間，支持青年學生的成果，李明教授的人格魅力的確非凡，我想這才是真正讓人感動的「言傳身教」吧。

除了李明教授和鄧中堅教授合開的「中共的國際地位」這門英文課，老陳還選了朱新民教授的「中共的外交政策」、邱坤玄教授的「中國大陸研究」以及之前提到過的由陸委會副主任委員

趙建民教授開設的「兩岸關係」。這四門課均為國際事務學院所開，五位教授也都是兩岸關係領域的重量級專家。

很多人會不解，老陳為什麼要來政大選這些跟大陸研究有關的課程。老陳的解釋是：要想讀懂臺灣，那麼一定要親自來這裡走走看看，因為「眼見為實」；要想讀懂中國大陸的話，在條件允許的情況下，最好也來臺灣，因為這裡會有比較新穎獨特的視角，也會有相對客觀公正的解讀，畢竟旁觀者清，而且這裡的旁觀者們沒有「因言獲罪」的顧慮。

事實上，政大的背景有些特殊，這座1927年在南京成立的高校曾是國民黨的中央黨校，建校之初的校名其實是「中央黨務學校」，直到1946年才更名為「國立政治大學」。老陳決定，下次回到南京的時候，一定去政大的原址參觀，看看如今的臺北校園是否和南京原貌有幾分神似。

蔣中正先生擔任政大的第一任校長，校園裡至今還保存著一尊蔣公銅像。由於歷史上的傳奇背景，尤其是和國民黨的千絲萬縷的關聯，所以普遍來說政大被認為是立場偏「藍」的大學。雖然也曾有過莊國榮這樣因大罵馬英九而在島內政壇捲起軒然大波的「深綠派」，但是總體來說，政大的教授和學生中「泛藍派」依然占據多數。

按照邱坤玄教授的話來描述，政大所在的文山區屬於「正藍旗」，所以大陸的飛彈基本上是不會關照這個區域的，畢竟政大的諸位藍派學者們對於北京來說是至關重要的話語代表，至少不是北京眼中的「麻煩製造者」。因而文山居民和政大學子們大可不必過分緊張，未來即使有臺海衝突，這裡也會是相對安全的緩衝地帶。

　　說實話，來臺之前，爸媽還有些顧慮，不過老陳詳細地解釋了政大的背景之後，他們的顧慮也逐漸被打消了。可憐天下父母心，做晚輩的還是應該對長輩們多一些耐心，也多一些將心比心的體貼，畢竟「兒行千里父母憂」啊。

　　後來聽說有些大陸同學來臺之後，因為政治問題和臺灣同學爭得面紅耳赤，傷了和氣，這真是讓人遺憾的事情。流亡海外的「民運」人士王丹先生上學期曾在政大擔任客座助理教授。他曾在自己的博客上發表文章，質疑在臺陸生的動機不純，指責他們背負著「統戰」的目的來臺，引發雙方一連串的網路論戰。

　　好在老陳一直保持理性客觀的視角，採用溫和漸進的策略，與各方人士溝通，觀點有時雖然會有差異，但一直也都是在理性探討的範疇，從未意氣用事，既尊重對方，也贏得了對方的尊重。而且政大的學術環境寬鬆自由，百花齊放，百家爭鳴，所以老陳非常幸運地在這裡度過了理性溫和的一個學期，同時也在不斷地探討甚至是爭論中收穫頗豐。

　　學業方面有條不紊地順利推進著，生活方面也溫馨愉快。

　　說實話，剛來政大的時候，老陳還有點不習慣。一間小小的宿舍裡塞了四位同學，空間很是狹窄，再加上大家都是交換學生，大包小包的行李堆滿了房間，移動起來很是困難。屋漏偏逢連夜雨，不巧的是，房間的空調還會不時地漏水，弄得大家提心吊膽。

　　不過一個學期之後，我們四位室友建立起了非常堅固的友誼，在這間小小的房間裡見證了一段溫馨跨國友誼的誕生。瑞典室友Philip的中文進步很快，到了學期後半段，他的中文水準已經接近了大阪室友Mamo和首爾室友Wong，所以大家在房間裡說中文的頻率越來越高，甚是融洽。甚至一些隱晦的中文笑話，在我

們這幾個不同文化背景的室友之間，也會產生共鳴，這真的是非常奇妙的感受。

我很欣賞三位室友學習中文的態度，不斷地開口練習，雖然經常出錯，但是進步神速。畢竟來到了這樣的中文語言環境內，就要好好利用，優化學習模式，最大化語言學習的成果。

除了室友之外，老陳在政大結識的好朋友還有很多，這也會是未來人生的一筆寶貴財富。尤其是，如果把Washington-Beijing-Taipei的三角關係確定為長期的研究方向的話，老陳與很多外交系的同學在今後會成為同行和合作夥伴。我想，雖然我們的成長環境不同，思維方式有時候也會有差異，甚至就連口音也會有區別（大陸的普通話和臺灣的國語雖然互相能聽懂，但還是有些細微的區別，尤其是翹舌音和捲舌音方面），但是這並不妨礙我們構建堅固的友誼。

事實上，文化上的一脈相承提供了共通的社會元素。雖然華人社會的表現形式會有地區差異，但是一些元素是普遍存在的，比如競爭激烈的生存環境，比如沉穩內斂、不經意間嶄露頭角的集體性格，這些似曾相識的華人族群的文化和社會共性，已經成為連接不同地理區域的華人的關鍵紐帶。所以，即便很多人極力否認，但是華人族群的一些特徵依然相當明顯，無法輕易被抹去。這或許可以解釋，大陸同學和臺灣同學之間，總會有一種難以言狀的微妙認同感，雖然這樣的認同感有時候很脆弱，在生疏的距離感的衝擊之下顯得不堪一擊。

通過政大這樣的載體，老陳得以和臺灣的年輕人深入接觸，了解彼此。更為重要的是，在自由開明的象牙塔內，我們可以坦誠相對，理性探討，將意識形態的緊箍咒徹底拋棄。這是非常難能可貴的。

　　說實話，兩岸的年輕人對於彼此的了解，既不算客觀，也稱不上全面，甚至還存在著不少根深蒂固卻又荒誕離奇的偏見。所以交換學生便成為了聯接兩岸的橋樑，這樣的聯接不一定是政治上的，更多的時候是把自己成長的社會環境介紹給對方。

　　如果說在大陸的臺商群體，通過白手起家的奮鬥歷程以及商海沉浮中的驍勇表現，讓大陸人逐漸認識到了臺灣精神的勇於創新和銳意進取，那麼在臺灣的大陸同學也可以把真實的大陸客觀地介紹給臺灣同齡人。雙方摒棄偏見，消弭誤解，這才是理性溝通的第一步。

　　有些大陸同學來臺之後，使命感非常強烈，處處維繫大陸的形象，出發點自然可以理解，只是有時候反而走了極端，導致客觀性缺失。我想，作為一名交換學生的個體，大可不必給自己太大的壓力，也不用背負過重的思想和心理的包袱，理性客觀才是最關鍵的。年輕人應該展現自己的包容和開明，心胸寬廣一些，收獲未來的廣闊天地。

　　如今到了要分別的時間，老陳很是依依不捨，在政大度過的這一學期交換時光，注定已成為整個本科生涯中最為難忘的半年。

　　醉夢溪旁悠閑自在的漫步，中正圖書館內昏天黑地的「K書」，「憩賢樓」裡每日一杯的「茶卜道」珍珠奶茶，「安九餐廳」每晚固定的宵夜時刻，還有山上籃球場揮汗如雨的運動時間，都已成為值得回味的點滴，定格在記憶的畫面中。

　　在政大，在臺北，諸位學界泰斗們的諄諄教誨，前輩們的無私指導，還有同學們的集思廣益，都已成為一份份無形的財富，指引著老陳，在通往未來的旅途中，走得更加踏實，更加堅定，也更加理性和客觀。

社會科學類　PF0058

從華盛頓到臺北
—— 一位大陸年輕人眼中的臺灣

作　　　者/陳爾東
責任編輯/黃姣潔
圖文排版/黃莉珊
封面設計/蕭玉蘋

發　行　人/宋政坤
法律顧問/毛國樑　律師
出版發行/秀威資訊科技股份有限公司
　　　　　114臺北市內湖區瑞光路76巷65號1樓
　　　　　電話：+886-2-2796-3638　傳真：+886-2-2796-1377
　　　　　http://www.showwe.com.tw
劃撥帳號/19563868　戶名：秀威資訊科技股份有限公司
　　　　　讀者服務信箱：service@showwe.com.tw
展售門市/國家書店（松江門市）
　　　　　104臺北市中山區松江路209號1樓
　　　　　電話：+886-2-2518-0207　傳真：+886-2-2518-0778
網路訂購/秀威網路書店：http://www.bodbooks.tw
　　　　　國家網路書店：http://www.govbooks.com.tw

2010年11月BOD一版
定價：220元
版權所有　翻印必究
本書如有缺頁、破損或裝訂錯誤，請寄回更換

國家圖書館出版品預行編目

從華盛頓到臺北：一位大陸年輕人眼中的臺灣 /
陳爾東著. -- 一版. -- 臺北市：秀威資訊科技,
2010.11
　　面； 公分. -- (社會科學類 ; PF0058)
BOD版
ISBN 978-986-221-662-0 (平裝)

855　　　　　　　　　　　　99020938

讀者回函卡

感謝您購買本書,為提升服務品質,請填妥以下資料,將讀者回函卡直接寄回或傳真本公司,收到您的寶貴意見後,我們會收藏記錄及檢討,謝謝!如您需要了解本公司最新出版書目、購書優惠或企劃活動,歡迎您上網查詢或下載相關資料:http:// www.showwe.com.tw

您購買的書名:_____

出生日期:_____年_____月_____日

學歷:□高中 (含) 以下　　□大專　　□研究所 (含) 以上

職業:□製造業　□金融業　□資訊業　□軍警　□傳播業　□自由業
　　　□服務業　□公務員　□教職　　□學生　□家管　□其它____

購書地點:□網路書店　□實體書店　□書展　□郵購　□贈閱　□其他

您從何得知本書的消息?

　　□網路書店　□實體書店　□網路搜尋　□電子報　□書訊　□雜誌

　　□傳播媒體　□親友推薦　□網站推薦　□部落格　□其他_____

您對本書的評價:(請填代號　1.非常滿意　2.滿意　3.尚可　4.再改進)

　　封面設計____　版面編排____　內容____　文／譯筆____　價格____

讀完書後您覺得:

　　□很有收穫　□有收穫　□收穫不多　□沒收穫

對我們的建議:_____

_____

_____

_____

11466
台北市內湖區瑞光路 76 巷 65 號 1 樓

秀威資訊科技股份有限公司 　　收

BOD 數位出版事業部

··

（請沿線對折寄回，謝謝！）

姓　　名：＿＿＿＿＿＿＿＿＿　年齡：＿＿＿＿　性別：□女　□男

郵遞區號：□□□□□

地　　址：＿＿＿＿＿＿＿＿＿＿＿＿＿＿＿＿＿＿＿＿＿＿＿＿＿＿

聯絡電話：(日) ＿＿＿＿＿＿＿＿＿＿＿ (夜) ＿＿＿＿＿＿＿＿＿＿＿

E-mail：＿＿＿＿＿＿＿＿＿＿＿＿＿＿＿＿＿＿＿＿＿＿＿＿＿＿